Enquête
de
police

AURORE

et l'incroyable énigme
de New York

Pour Helene Strick et son fils Tristan
Pour Cary et Terence Strick
et leur fils Julien et leur fille Eleanor
D.K.

Maquette : Florence de Lavalette

Loi n° 49-956 du 16 juillet 1949 sur les publications destinées à la jeunesse : octobre 2022

Belfond | un département **place des éditeurs**

place des éditeurs

ISBN : 978-2-266-29038-8
Dépôt légal : octobre 2022

Douglas Kennedy
Joann Sfar

AURORE

et l'incroyable énigme de New York

Traduit de l'anglais (États-Unis)
par Catherine Nabokov

PKJ.

Certains jours, tout va mal, et on se dit : pourquoi la vie est si dure ? Pourquoi les gens se compliquent à ce point l'existence ? D'autres jours, tout va bien, et on pense : mon rêve le plus cher peut vraiment se réaliser ! Ce matin, un de mes grands rêves s'est réalisé. Mais avant de te dire lequel, je dois d'abord « camper le décor », comme dit mon Pap' (il est écrivain, comme tu sais). Cette histoire commence justement avec Pap'…

Je venais de passer le week-end chez lui, à Paris. Sa petite amie Chloë a quitté son appartement il y a deux semaines. Même si Pap' ne me disait pas qu'il était triste – il n'aime pas parler de ce genre de choses – je voyais bien qu'il l'était. J'aimais vraiment beaucoup Chloë. Elle était toujours super gentille avec moi. Dans la petite alcôve où je dors quand je viens chez Pap', elle avait peint une magnifique fresque avec toutes les étoiles du ciel.

il n'aime pas parler de ce genre de choses

Elle trouvait vraiment chouette ma manière de parler avec les autres en écrivant sur ma tablette. Je sais que Maman, elle, pense que maintenant je devrais réussir à parler pour de vrai. C'est aussi l'avis de Josiane, ma professeure. Et celui de ma sœur Émilie, qui pense secrètement : « Aurore refuse de parler, et ça n'est pas à cause de son autisme mais parce qu'elle sait que ça fait d'elle quelqu'un de spécial ! » Il y a quelques jours, je lui ai dit :

– Tu sais que je ne parle pas parce que je ne peux pas !

Elle a secoué la tête et répondu :
– Tu ne veux pas faire comme tout le monde, parce que ça voudrait dire que tu n'es pas unique !
J'ai raconté ça à Pap' dans le RER qui nous conduisait à Paris. Il m'a expliqué :
– Ta sœur a quatorze ans. Quand on a quatorze ans, tout est compliqué et difficile. Elle s'imagine que, comme tu utilises ta tablette pour parler avec les autres, ça te rend plus originale qu'elle. Mais Émilie aussi est très spéciale. Simplement, elle ne s'en rend pas compte.
Pap' parle toujours comme ça. Il voit les choses d'une manière différente des autres. Et il vit d'une manière différente, aussi. Souvent, il reste en pyjama jusqu'à après le déjeuner. Il ne fait pas son lit tous les matins. Il parle beaucoup tout seul (surtout quand il est en train d'inventer un nouveau personnage pour un de ses livres). Il adore le fromage et la nourriture riche. Chaque soir, il boit un peu de vin. Je ne l'ai jamais vu ivre. Ni en colère. Il va bientôt avoir quarante ans, comme Maman. Je trouve qu'il ne fait pas assez d'exercice et ça m'inquiète. Il devrait sérieusement songer à perdre quelques kilos. Comme je peux voir derrière ses yeux, je comprends qu'en ce moment il est préoccupé par beaucoup de choses.
Mais quand il est avec moi, Pap' a toujours l'air content. Pendant le week-end, on a fait plein de trucs rigolos. On a pris le métro jusqu'au jardin du Luxembourg pour

aller voir le spectacle de marionnettes avec l'histoire des trois petits cochons et du grand méchant loup. Après, pendant qu'on mangeait une glace en regardant les canards dans le bassin, j'ai demandé à Pap' si, comme il est écrivain, il pouvait changer l'histoire pour éliminer le grand méchant loup :

– ... parce qu'il m'a toujours fait peur.

Pap' a réfléchi un moment à ce que je venais de dire avant de répondre :

– Mais s'il n'y a plus le grand méchant loup, où sera le problème ? Il faut toujours un problème, dans un conte.

– Ah, je comprends ! Toutes les histoires ont besoin d'un grand méchant loup. Quelqu'un qui fait quelque chose de pas bien.

– Ou quelqu'un qui décide simplement qu'il n'a plus envie d'être avec toi..., a ajouté Pap'.

À peine a-t-il fini sa phrase que j'ai vu ce qu'il pensait : « Quel imbécile je suis ! Pourquoi confier ça à Aurore ? Je ne devrais pas lui montrer à quel point je suis déprimé depuis ma rupture avec Chloë. Pourquoi l'amour est-il si compliqué ? »

Je voulais dire à Pap' que je comprenais ses problèmes. Et aussi que, même si j'étais triste que Chloë l'ait quitté, j'étais contente parce qu'il n'aurait pas de bébé avec elle. J'ai envie d'être sa petite fille pour toujours.

Mais cela supposait de lui révéler le secret que seuls ma professeure et mes deux amis détectives connaissent :

... en regardant les canards dans le bassin.

je lis dans les pensées des gens. Je peux voir derrière leurs yeux. En réfléchissant à ce que Pap' m'avait dit, j'ai compris que si je parlais de mon pouvoir magique, ce serait un peu comme si je devenais le grand méchant loup : tout le monde serait terrifié. Pas parce que j'allais souffler sur la maison et la détruire, mais parce que nos pensées sont intimes et que nous n'avons pas envie de les partager.

Alors je n'ai rien dit à Pap'. On a continué à manger nos glaces en regardant les canards nager tous ensemble, avec la maman cane qui vérifiait régulièrement que ses canetons restaient bien en rang derrière elle. Comme les professeurs avec nous, à l'école. Est-ce qu'on doit apprendre à se mettre en rang quand on est petit? Est-ce que ça fait partie de la vie? J'ai posé la question à Pap' alors qu'il engloutissait sa glace (il adore le sucré et mange toujours à toute vitesse, quand il aime). Il a réfléchi un moment à ma question, puis il a dit :

– N'oublie jamais, Aurore, que beaucoup de personnes, petites ou grandes, veulent que tu restes dans le rang. Mais je te connais et je suis sûr d'une chose : tu ne te laisseras jamais faire.

– Je vais quand même continuer d'aider la police pour que les gens ne fassent pas de mauvaises choses. Je suis l'adjointe de l'inspecteur Jouvet, malgré tout.

– Empêcher les gens de faire du mal ou élucider des crimes, c'est très différent de dire à quelqu'un de rester dans le rang.

– Tu es vraiment un écrivain, Pap'.

– Et tu es comme moi, Aurore : une vraie artiste.

J'ai eu un sourire jusqu'aux oreilles. C'était la première fois qu'on me disait que j'étais une artiste !

Ce soir-là, nous sommes allés dans un très grand cinéma dans le 9e arrondissement : le Max Linder Panorama. Il a des sièges en velours rouge, un balcon et le plus grand écran que j'aie vu de ma vie ! Nous avons regardé un des films préférés de Pap' : *King Kong*. Quand on est entrés dans la salle, Pap' m'a expliqué que c'était la toute première version, qui datait de 1933. Presque quatre-vingt-dix ans ! Et en noir et blanc ! J'avais déjà vu ce film avec Papa. Je l'adore, même si je trouve dommage que la fille n'ait pas pu sauver le gorille des griffes des méchants qui voulaient se servir de lui pour gagner de l'argent. Dans le métro, en rentrant chez Pap', je lui ai demandé pourquoi c'était un de ses films préférés. Il m'a répondu :

– Parce que c'est un des premiers films que j'ai vus avec ta mère.

Quand on est arrivés à la maison, il m'a préparé un délicieux chocolat chaud. Puis je me suis mise en pyjama et je me suis brossé les dents. Pap' m'a bordée, il m'a souhaité une bonne nuit. C'était une chouette

KING KONG!
C'est un des premiers films que j'ai vus avec ta mère.

mais longue journée. Juste avant que je m'endorme, j'ai entendu Pap' parler tout bas au téléphone :

– Oui, Aurore a adoré le film. Mais j'aurais préféré qu'on le voie tous ensemble…

Ensuite, tout est devenu noir… jusqu'au lendemain matin. Pap' s'est levé avant moi. Des pains au chocolat m'attendaient sur la table de la cuisine, avec un grand bol de chocolat chaud. J'ai regardé ma tablette. Presque 10 heures ! J'avais dormi très longtemps. Pap' avait déjà pris sa douche, lui qui dort souvent bien plus tard que moi les week-ends où je suis là. Il avait aussi rasé la petite barbe qu'il avait laissée pousser depuis que Chloë l'avait quitté. Il avait mis un beau jean noir et une jolie chemise noire. J'ai remarqué qu'il avait pris le temps de bien se coiffer ; d'habitude, il a toujours les cheveux en bataille !

– Tu es super, comme ça, Pap' ! ai-je lancé en m'asseyant à côté de lui à la petite table. Je t'aime bien sans la barbe.

– Moi aussi, je préfère, a-t-il dit. Ta mère et moi nous avons parlé, hier, et elle a eu une chouette idée : je vais rester dîner avec vous, ce soir.

Un repas tous ensemble, comme une vraie famille ! Quelle excellente nouvelle !

– C'est génial, Pap' ! J'ai vraiment envie que toi et Maman vous soyez amis.

– On l'a toujours été.

Sur le chemin du RER, Pap' a acheté un bouquet de roses et une bouteille de champagne.

– Je ne veux pas arriver les mains vides, a-t-il expliqué.

– Mais tu n'auras pas les mains vides : tu seras avec moi !

Quand nous sommes entrés dans l'appartement, une heure plus tard, j'ai vu que Maman avait tout bien rangé et mis la table pour quatre avec les assiettes chics et les verres fragiles que Nanou lui a donnés… et qu'elle ne sort que pour les grandes occasions, comme Noël, un anniversaire, ou aujourd'hui ! Maman ne portait pas le moche jean et le vieux tee-shirt qu'elle met généralement le dimanche. Elle était habillée d'une chemise et d'un pantalon en lin noir et s'était joliment maquillée. Elle était très belle.

Maman et Pap' se sont embrassés avec un grand sourire. Émilie était assise dans un coin avec son iPhone, des écouteurs dans les oreilles. Elle les a enlevés et elle a demandé à Pap' :

– Pourquoi tu es sur ton trente et un et tout propre, pour une fois ?

– Émilie ! a crié Maman. On se passe de tes commentaires désobligeants !

– Toi aussi tu es sur ton trente et un, a répliqué Émilie. Qu'est-ce qui se passe ?

– Il ne se passe rien, a répondu Maman. Nous avons tous les deux décidé de passer un agréable repas en famille et de nous habiller pour l'occasion...
– Ouais, c'est ça, a marmotté Émilie.
Elle m'a ensuite chuchoté à l'oreille :
– Tu sais ce qui se passe, là, entre nos parents bizarres?
J'ai écrit :
– Aucune idée, mais ça me plaît!
Maman avait préparé le plat préféré de Pap' : des spaghettis à la carbonara. Pap' a cherché de la musique sur son téléphone, qu'il a branché sur la petite enceinte, dans la cuisine. Il a toujours aimé écouter ce genre de musique : un pianiste, un batteur, et quelqu'un qui joue de cet instrument qui doit faire deux fois ma taille et qui s'appelle une contrebasse. Je bats toujours la mesure avec le pied quand j'en entends.
Émilie a levé les yeux au ciel.
– Toi et ton jazz, Pap', a-t-elle soupiré.
– C'est très bien, le jazz, est intervenue Maman.
– C'est tellement ennuyeux! a dit Émilie.
– Quand j'avais quatorze ans, je trouvais tout ennuyeux, a répondu Maman.
– Et maintenant, tu trouves tout «intéressant»? Comme travailler dans une banque à Fontenay-sous-Bois, par exemple?
Maman est devenue toute pâle. Elle semblait vraiment blessée.

nos
parents
bizarres

– C'est horrible de dire ça ! ai-je écrit.
– Pourquoi? a répliqué Émilie. Je dis juste la vérité.
– Non, tu es juste méchante, ai-je répondu. Et je sais pourquoi : parce que Luc, à l'école, t'a dit vendredi qu'il irait ce week-end à Paris avec une fille de votre classe, Héloïse. Et tu ne la supportes pas parce que...
– Comment tu sais tout ça ? a crié ma sœur.
– Ne te mets pas dans cet état, Émilie, a dit Maman.
Émilie s'est énervée.
– Tu te souviens dans quel état tu étais quand tu as appris que ton petit ami avait en fait une femme et des enfants ?...
Là, Pap' a ouvert des yeux ronds comme des billes.
– Émilie, ne sois pas insolente !
– Ma sœur est une espionne ! a hurlé Émilie. Et vous deux, vous essayez de nous remonter le moral en jouant à la famille parfaite alors que, en vrai...
Sans même finir sa phrase, elle est sortie de la pièce comme une tornade. Maman s'apprêtait à lui courir après, mais Pap' l'a retenue doucement par le bras en disant :
– Laisse-la se reprendre toute seule. Et buvons encore un peu de champagne.
J'ai vu Maman baisser la tête pour ravaler ses larmes. Et penser :
« Le jour où j'ai décidé de divorcer de leur père, j'ai fait la pire erreur de ma vie. Voilà où en sont mes filles, maintenant... »

Je voulais lui dire que ça n'était la faute de personne ; qu'elle et Pap' étaient des parents formidables ; et que, contrairement à ce que racontaient d'autres enfants à l'école, nos parents ne disaient jamais du mal l'un de l'autre.
Pap' a pris Maman par les épaules et lui a murmuré :
– C'est juste un de ces trucs de l'adolescence. Ça n'est absolument pas ta faute. Laisse-moi lui apporter une assiette de pâtes. Elle se sentira mieux après avoir mangé.
Il a versé une portion de spaghettis à la carbonara dans l'assiette d'Émilie et nous a dit de commencer à manger avant que les pâtes ne soient froides. Il a disparu dans le couloir. Maman a penché la tête et soupiré :
– On devait passer un bon moment tous ensemble.
– Émilie est en colère contre tout. Et elle a besoin de se défouler. Mais ça n'est la faute de personne... même si elle aimerait que ça le soit.
– Comment fais-tu pour être si sage? a demandé Maman.
– C'est parce que mes parents le sont.
– Nous avons fait tellement d'erreurs...
– Cela arrive à tout le monde, de faire des erreurs, non?
Maman et moi nous avons mangé nos pâtes. Pap' est revenu et nous a dit :
– Émilie va mieux. Elle a pleuré un bon coup. Ensuite, elle a mangé ses pâtes, et nous avons bien parlé.
Maman a pris la main de Pap'.

– Tu es un très bon père.
Pap' a haussé les épaules et je l'ai vu penser :
« Tous les parents sont persuadés de mal faire, même ceux qui font tous les efforts possibles pour bien faire. »
– Je pourrais être plus présent, a-t-il répondu.
– Tu es toujours là pour Émilie et moi, ai-je protesté.
– Sauf que je suis à Paris la plupart du temps.
Il y a eu un silence. Maman a pressé la main de Pap'. On aurait dit qu'ils avaient envie d'être juste tous les deux.
Puis Pap' a regardé sa montre et il m'a expliqué :
– Je dois attraper le dernier RER. Je ne vais sans doute pas te voir avant deux semaines. Mais on s'enverra des messages plusieurs fois par jour, comme d'habitude, d'accord ?
Il m'a serrée très fort contre lui. J'adore quand il me prend dans ses grands bras, je me sens en sécurité.
Avant, Maman en voulait à Pap'. J'ai compris que depuis qu'ils ont rompu, elle regrette. Même s'il ne ramasse jamais ses vêtements qui traînent par terre et laisse toujours la vaisselle dans l'évier, il est formidable avec ma sœur et moi. Et je sais aussi que Pap' est triste quand il pense à la manière dont les choses se sont terminées avec Maman. Je l'ai vu se dire : « J'aurais dû faire plus souvent le lit quand nous étions une famille... J'aurais dû être plus responsable. »
Mais la façon dont ils se regardaient, là, je n'avais plus vu ça depuis que j'étais petite. J'ai embrassé Maman,

je lui ai dit que j'avais réglé le réveil de ma tablette pour 7 heures et que je la verrais au petit déjeuner, et je suis partie dans ma chambre en espérant que quand je me réveillerais le lendemain matin, Pap' serait encore là.

Quand je me suis couchée, j'ai hésité à faire un petit tour à Sésame. C'est l'autre monde où je vis et où je passe du temps avec mon amie Aube. Pour y aller, j'affiche une étoile sur l'écran de ma tablette, je me concentre en répétant plusieurs fois « Sésame ! », jusqu'à ce que je me retrouve là-bas.
Mais il était tard. Aube a onze ans comme moi et elle doit aussi se lever tôt pour aller à l'école. Même si nous avons un pacte de meilleures amies – être toujours là l'une pour l'autre – je sais que, le soir, elle préfère que je vienne seulement si j'ai un problème à résoudre. J'ai donc décidé de fermer les yeux pour m'endormir. Sauf que j'ai entendu la porte d'entrée s'ouvrir, Pap' et Maman se dire au revoir, puis la porte se refermer. Je ne suis presque jamais triste – c'est un autre de mes pouvoirs magiques ! –, mais à ce moment-là, je dois avouer que j'avais vraiment de la peine pour eux. Pap' ne serait pas là le lendemain matin.
Ensuite, j'ai entendu mon réveil et j'ai vu de la lumière par la fenêtre. Le jour se levait. Je devais être à l'école dans un peu moins d'une heure. Je suis sortie du lit et me suis habillée en un clin d'œil. J'ai frappé à la porte de la chambre d'Émilie. Pas de réponse. J'ai frappé de nouveau.

Toujours pas de réponse. J'ai ouvert la porte. Son lit était vide. Très bizarre!

Maman m'a demandé il y a quelque temps si je pouvais faire ça pour elle : réveiller Émilie. Parce que, maintenant, ma sœur déteste ouvrir les yeux – surtout les jours où il y a école. Maman m'a demandé de lui rendre ce service parce qu'elle savait que je me contenterais de sourire quand Émilie me dirait qu'elle ne retournerait plus jamais à l'école et qu'elle allait s'enfuir à Paris et trouver un travail dans une librairie de bandes dessinées et faire elle-même ses propres BD et ne plus jamais revenir à Fontenay-sous-Bois!

Maman savait bien que je me contenterais de répondre : «Avant que tu ne fasses ça, est-ce qu'on peut d'abord prendre le petit déjeuner?»

Mais ce matin-là, pas d'Émilie encore endormie dans son lit. Je suis aussitôt allée à la cuisine. La porte était fermée. Dès que je l'ai ouverte, j'ai entendu la voix d'Émilie me demander :

– Devine qui a décidé de passer la nuit ici?

Puis, j'ai vu Pap' assis avec Maman à la petite table où on prenait notre petit déjeuner tous ensemble, avant. J'étais stupéfaite de le voir là. J'étais pourtant certaine de l'avoir entendu partir, la veille. J'allais écrire : «Tu es revenu!», sur ma tablette. Mais j'ai compris que, peu importait ce qui s'était passé hier soir après le départ de Pap', quelque chose l'avait ramené ici. Avec nous!

Et il était là, assis à côté de Maman, et lui tenait la main. Maman, comme Pap', avait un petit sourire.

– Nous avons une nouvelle à vous annoncer, a dit Maman. Papa et moi avons décidé d'être de nouveau ensemble. Papa va s'installer avec nous cette semaine.

J'avais envie de pousser un cri. Mais comme aucun son ne sort quand j'essaie de parler, j'ai juste écrit :

– C'est la meilleure des nouvelles !

Je me suis tournée vers ma sœur et j'ai dit :

– On est de nouveau une famille !

Émilie a mordu dans son croissant, levé les yeux au ciel et soupiré :

Aujourd'hui est un grand jour pour une autre raison. J'ai une nouvelle professeure particulière ! Elle s'appelle Diane. Mon ancienne professeure, Josiane, déménage à Limoges avec son petit ami Léon, et elle va avoir un bébé dans trois mois. Elle a été ma professeure particulière pendant quatre ans. Quand elle a commencé à s'occuper de moi, je ne communiquais avec personne. Je ne pouvais pas parler. Ni écrire. On m'emmenait d'un hôpital à un autre, dans des bureaux où je subissais toutes sortes de tests avec des médecins et des gens soi-disant experts en autisme, et c'est ça qui m'a empêchée de m'exprimer. Ils ont tous dit la même chose à Maman et Pap' : ça ne s'arrangerait pas pour moi. Je ne pourrais jamais communiquer avec les autres. Je serais toujours « enfermée », coupée du reste du monde. Je me rappelle à quel point Maman et Pap' étaient tristes quand le dernier « expert » qui m'a examinée leur a expliqué ça. Peu de temps après, ils ont décidé de se séparer et Émilie a dit que c'était à cause de mon autisme qu'ils ne voulaient plus vivre ensemble. Maman et Pap' m'ont assuré que ça n'était pas parce que je ne pouvais pas parler qu'ils avaient rompu ; et aussi que, même si nous ne serions plus une famille, ils seraient toujours unis pour nous.

Maman a ensuite choisi de déménager à Fontenay-sous-Bois. Une fois là-bas, elle a trouvé Josiane, pour moi. Non seulement Josiane est aussitôt devenue mon amie, mais elle a aussi tout changé dans ma vie. C'est elle qui a insisté pour que je commence à parler en utilisant ma tablette. J'allais pouvoir écrire ce que je pensais, ce que je voulais dire ! Cela m'a pris du temps pour trouver comment transformer mes pensées en mots, mais Josiane n'arrêtait pas de m'encourager. Et un beau jour, en effet, j'ai réussi. Je me souviens de Maman quand elle est rentrée de la banque et qu'elle nous a vues, Josiane et moi, à la table de la cuisine. Josiane lui a annoncé que nous avions une surprise pour elle et j'ai levé ma tablette, où je demandais à Maman comment s'était passée sa journée. Maman a répondu :

– Oh, les journées à la banque se ressemblent toutes un peu.

J'ai ensuite écrit :

– Mais tu as toujours des supers histoires à propos de tes clients. Comme ce M. Bouquet, la semaine dernière, qui voulait emprunter de l'argent à ta banque pour ouvrir un salon de tatouage pour chiens !

Maman a fondu en larmes, tout à coup. J'ai demandé :

– Tu pleures parce que tu n'aimes pas l'idée qu'on tatoue un chien ? Moi non plus, je n'aime pas ça ! Et je suis bien contente que tu ne lui aies pas donné l'argent !

Maman a essuyé ses larmes et elle m'a dit :

– Si je pleure, c'est parce qu'on peut enfin se parler ! On peut communiquer pour de vrai ! Tu peux me dire ce que tu penses. Je croyais que ce jour n'arriverait jamais.

J'ai souri et répondu :

– Eh bien, c'est grâce à Josiane ! Elle m'a beaucoup encouragée. Maintenant, je vais tout faire pour apprendre à parler vite !

Quatre ans avec Josiane. Je la voyais quatre fois par semaine. Les trois autres jours, quand elle n'était pas avec moi, elle m'envoyait des messages pour continuer à m'entraîner. Elle me disait que j'étais capable de tout faire si je décidais de m'y mettre. Et que l'autisme n'était pas un handicap mais une autre manière de voir le monde. Elle est la seule personne (avec les inspecteurs de police qui m'ont appris à résoudre des affaires criminelles) à savoir que je peux lire les pensées. Elle m'a souvent dit que mon pouvoir magique devait me servir à aider les gens... tout comme il me permet d'être gentille avec des personnes qui ne le sont pas avec les autres.

– C'est facile d'aimer les gens qui sont gentils, m'a-t-elle expliqué quand j'étais harcelée par Anaïs et sa bande, il y a quelques mois. La meilleure des choses à faire, et la plus difficile, c'est de montrer de la compassion – c'est un grand mot, mais très juste – envers ceux qui te maltraitent. Parce que, la plupart du temps, les harceleurs ont une grande peur au fond d'eux, et ils sont très seuls. Surtout à la maison. Eux-mêmes ont généralement des parents qui les maltraitent, ou qui leur font savoir qu'ils ne sont pas vraiment aimés. Ils se retournent donc contre d'autres pour masquer leur souffrance d'être rejetés.

Josiane m'a appris tant de choses. Avec Aube, à Sésame, elle a toujours été ma meilleure amie. Et je dois lui dire au revoir. Pas pour toujours. Elle ne part quand même pas à l'autre bout du monde, comme la Nouvelle-Zélande ou la Nouvelle-Calédonie (deux endroits que je rêverais de voir car ils ont l'air tellement loin de tout, au milieu d'un grand océan !). Maman m'a expliqué que Limoges n'était qu'à quelques heures de Paris, avec le train. Josiane a dit que, quand elle et Léon auront trouvé un endroit où habiter et que le bébé sera né, je viendrai passer un week-end avec eux.

J'ai souri quand Josiane a dit ça. Je n'ai encore jamais pris le train toute seule ; ça me fait drôlement envie ! Mais que Josiane ne soit plus ma professeure... c'est un grand changement. Même si j'aime beaucoup la remplaçante qu'elle m'a trouvée. Diane est jeune : seulement vingt-deux ans. Et elle ne ressemble à personne que je connais. Pap' a dit qu'il y a une expression qui résume très bien Diane : elle « vient d'une autre planète ». J'ai trouvé cette expression très chouette. C'est tout à fait Diane. Elle est petite. Elle a de longs cheveux blonds. Elle porte une salopette. Exactement comme moi ! Le jour où elle est venue avec Josiane pour nous rencontrer, Maman, Pap' et moi, elle m'a prise à part et elle m'a dit :

– Quand j'avais ton âge (la moitié de celui que j'ai maintenant), tout le monde me disait que j'étais super bizarre. J'étais tout le temps harcelée à l'école. Par des filles comme celles qui t'ont maltraitée, d'après ce que m'a raconté Josiane, jusqu'à ce que tu réussisses à délivrer la cheffe de la bande de ses horribles tante et oncle.

– Elles ne m'embêtent plus, maintenant.
– Bien sûr que non ! Parce que tu leur as montré que tu pouvais résoudre une enquête et libérer une personne séquestrée dans un grenier. La plupart des filles de onze ans ne font pas des choses aussi héroïques...
– Je ne suis pas une héroïne.
– Tu es trop modeste ! Moi je sais que la police te trouve très chouette. Josiane m'a laissé entendre que tu avais un pouvoir que seules la police et elle connaissaient. Je ne tiens pas à ce que tu m'en parles si tu n'en as pas envie. Mais je vais juste te poser une question : est-ce que tu as un endroit secret où tu vas quand tu trouves le monde trop dur ?
J'ai regardé Diane, les yeux écarquillés.
– Comment tu sais, pour Sésame ? lui ai-je demandé.
– Ah, c'est ton endroit, Sésame ?
– Tu connais aussi son nom ?
– Tu viens de me le dire !
– Oui, c'est vrai, ai-je répondu en souriant. Mais quand même, comment tu sais... ?
– Que tu vas dans ce royaume magique ? Pendant des années, moi aussi j'ai eu des conversations avec un ami secret dans un endroit secret. Mais si je commence à te raconter tout ça, tu vas penser que je suis dingue. Parce que personne ne peut avouer que le lapin de Pâques a été son meilleur ami et conseiller pendant des années !

– Tu connais le lapin de Pâques ? J'ai toujours voulu le rencontrer. Surtout que ma sœur Émilie le connaissait aussi. Mais ensuite elle a grandi et elle a décidé qu'il était fou.

– Moi aussi j'ai grandi, et j'ai décidé que j'avais besoin d'autres amis. Mais je n'ai jamais pensé que Louis était fou.

– Il s'appelle Louis ? Comme presque tous les rois de France ?

– C'est le roi de tous les lapins. En plus, il est très intelligent. Quand je me sentais vraiment seule (et que tout le monde me qualifiait de « bizarre », surtout mes parents),

Louis me disait que c'était super d'être différente, et même bizarre ! Il disait que tous les artistes sont qualifiés de la sorte à un moment donné de leur vie. Et que les gens disent ça parce qu'ils sont mal à l'aise dès qu'ils rencontrent quelqu'un d'original.

– C'est un lapin super intelligent ! Est-ce que tu as eu une professeure comme Josiane ?

– J'en ai eu une formidable, qui s'appelait Astrid. Elle venait de Suède mais vivait en France, et elle était très dure avec moi. Quand j'étais petite, je parlais étrangement : je répétais tous mes mots. J'avais aussi un gros problème pour comprendre le temps ou l'ordre des choses. Si ma maman me disait qu'on allait faire un tour à vélo et ensuite manger une pizza, je me mettais à hurler en demandant pourquoi on ne pouvait pas d'abord manger une pizza. Elle m'expliquait qu'il était

8 heures du matin et qu'on ne pourrait pas manger de pizza avant l'heure du déjeuner. Alors je commençais à pleurer en lui disant qu'elle voulait m'empêcher de manger de la pizza. Ensuite elle se mettait à pleurer elle aussi et elle disait que c'était trop dur d'être avec moi et que, même si elle m'aimait, elle trouvait que mon autisme était vraiment difficile à vivre.
J'ai posé la main sur l'épaule de Diane.
– Je suis sûre que tu es très triste que Josiane parte, a-t-elle continué. Moi aussi, j'étais très triste quand Astrid m'a dit qu'elle retournait en Suède parce qu'elle avait trouvé un travail là-bas et qu'elle voulait rentrer dans son pays. Quand tu as onze ans, tu ne peux pas imaginer que quelqu'un ne soit plus dans ta vie. Je commence seulement à comprendre, à vingt-deux ans, que les gens entrent dans ta vie puis en sortent. Ça fait toujours très peur. On compte sur les autres pour ne pas se sentir seul.

Quand Josiane est arrivée à l'école ce matin, pour une fois, j'ai reconnu que j'étais vraiment triste. Josiane l'était encore plus. Nous nous sommes retrouvées devant la porte, au milieu des élèves qui entraient en courant. Quand elle s'est penchée vers moi pour me serrer dans ses bras et me dire au revoir, elle a commencé à pleurer. Elle m'a serrée encore plus fort.

– N'oublie jamais que, même si maintenant je ne te verrai plus tous les jours, je suis toujours avec toi. Tu es mon étoile. Et je sais que, un jour, tu parleras pour de bon !
J'ai souri et hoché la tête, parce que (il faut que je sois sincère !) je savais qu'elle voulait que je le lui promette. C'est ce dont elle rêve pour moi.
Je me suis retournée pour être sûre que Diane n'était pas derrière nous. Alors j'ai vite écrit :
– Je trouve ma nouvelle prof très chouette. Mais tu crois que je peux lui faire confiance, pour mon secret ?
– Quand tu la connaîtras mieux et que tu penseras que le moment est venu de lui révéler ton pouvoir magique, alors oui, je crois qu'elle sait garder un secret.
Josiane s'est relevée, elle s'est essuyé les yeux et elle a dit :
– Ça n'est jamais facile de se dire au revoir, donc…
Elle m'a serrée une dernière fois, puis elle s'est dirigée vers la rue. Une fois passé le portail de l'école, elle s'est retournée et a fait un signe de la main. Je l'ai vue penser :
« J'ai vraiment besoin d'un café maintenant. »
J'ai senti une main se poser sur mon épaule. Diane.
– C'était un moment difficile, n'est-ce pas ? a-t-elle dit. Je suis sûre que Josiane meurt d'envie d'aller dans un café pour commander un expresso et qu'elle résiste à l'envie

de fumer une cigarette. Elle en fumait une de temps en temps, mais plus depuis qu'elle est enceinte.

J'ai regardé Diane.

– Comment tu sais tout ça ? ai-je demandé.

– Je le devine. Mais je n'ai pas un pouvoir magique comme le tien.

J'ai alors compris que si ma nouvelle prof n'était pas capable, comme moi, de voir derrière les yeux des gens, elle savait en tout cas les amener à révéler des choses sur eux. Elle est très intelligente, mais aussi très maligne.

Pap' a déménagé quelques-unes de ses affaires chez nous. Il adore les livres (forcément : il est écrivain !) et il en a près de mille ! Maman a accepté qu'il construise des étagères dans le salon. Il est allé acheter un mètre et un petit escabeau et il a ensuite mesuré un mur entier en traçant des repères avec un crayon. Il est revenu avec des planches de bois, des équerres en métal et une perceuse. Quand Maman est rentrée de sa journée à la banque, elle a vu tout ce qu'il avait entassé dans le salon. Elle a serré les lèvres : c'est sa façon à elle de montrer qu'elle est contrariée. Pap' a remarqué sa grimace et il l'a aussitôt rassurée en disant que les étagères seraient installées d'ici demain.

– Est-ce que tu peux d'abord les peindre en blanc, s'il te plaît ? a dit Maman.

– Peins-les en noir, a marmonné Émilie. Noir comme mon âme.

– Pourquoi ton âme est-elle noire ? a demandé Maman.

– Parce que j'habite à Fontenay-sous-Bois !

Pap' a rigolé. Maman s'est fâchée.
– Beaucoup de gens dans le monde rêveraient d'habiter un endroit si beau.
– Beau ? a lancé Émilie. Tu as une drôle de vision des choses.
– Je suis très heureux d'être ici, a dit Pap' en prenant la main de Maman.
– Évidemment, vu le dépotoir dans lequel tu vis dans le 19e, on peut comprendre ! a ironisé Émilie.
– Tu devrais peut-être aller un peu dans ta chambre, a dit Pap'.
– Ah, maintenant que tu es revenu, tu peux à nouveau jouer au père et commander. Même si tu n'as jamais vraiment été un père…
– Émilie ! a crié Maman.
Pap' a posé la main sur son bras. Maman l'a repoussé.
– J'en ai assez de ta méchanceté, a-t-elle hurlé à Émilie.
Ma sœur est partie dans sa chambre comme une furie.
– Tu devrais moins te laisser faire, a dit Maman à Pap'.
– C'est juste une enfant, a répondu Pap'.
– Si j'avais dit à mon père le dixième de ce qu'elle te dit, j'aurais aussitôt été expédiée dans une pension ultra-sévère !
Pap' a souri et a répondu :
– C'est pour ça que tu es tombée amoureuse de moi : parce que je suis le contraire de ton super rigide de père !

– Je vais parler à ma sœur, suis-je intervenue.
– Bonne chance…, a soupiré Maman.
– Je suis sûr qu'Aurore saura la calmer.
J'étais déjà au bout du couloir. J'entendais de la musique à plein tube dans la chambre d'Émilie. Un de ces groupes de garçons qu'elle adore. Une chanson qui parlait d'une fille qui avait quitté le chanteur pour un garçon plus âgé qui avait une voiture. J'ai frappé à la porte.
– Va-t'en ! a-t-elle crié.
Mais comme je ne pouvais pas répondre, j'ai ouvert la porte. Émilie était sur son lit.
– Je veux voir personne ! a-t-elle hurlé.
Je suis allée vers son smartphone et j'ai éteint la musique.
– Qui t'a autorisée ? Sors d'ici !
– Pourquoi tu es tellement en colère ? ai-je demandé. C'est un moment heureux pour notre famille.

– Tu es toujours heureuse, toi ! C'est ça, ta chance ! À moins que ça fasse partie de ton handicap. Le fait de voir le bien partout.
– Je n'ai pas de handicap, ai-je répondu. C'est juste que je vois les choses différemment des autres. Et tu dis ça uniquement pour me blesser. Comme tout à l'heure tu as voulu blesser Pap'. Tu es en colère contre tout, Émilie.
Elle est restée silencieuse un moment, mais j'ai attendu patiemment. Peut-être que mes paroles ont eu un effet sur elle, parce que pour la première fois elle s'est confiée à moi :
– C'est parce que toutes les filles, à l'école, font partie d'une bande, sauf moi. Elles ne me laissent pas déjeuner à leur table. Ni traîner avec elles après les cours. Elles n'arrêtent pas de dire des choses sur moi… et sur toi.
– N'oublie pas ça : elles sont en groupe parce qu'elles ont peur d'être seules. Elles ont besoin d'avoir d'autres filles avec elles pour se rassurer. Parce qu'elles craignent de ne pas être aussi intéressantes que quelqu'un comme toi ou moi, qui sommes différentes.
J'ai vu Émilie se retenir de faire un commentaire désagréable, et j'ai aussi vu ce qu'elle pensait :
« Je suis peut-être bizarre, mais au moins je peux parler ! »
J'ai préféré ne pas réagir (parce que, sinon, j'aurais trahi mon secret !). J'ai posé la main sur l'épaule de ma sœur et j'ai dit :

"elles ont peur d'être seules"

– Être méchante avec les gens parce que d'autres personnes le sont avec toi, ça n'est pas une bonne solution, Émilie. Surtout quand tu l'es avec Maman et Pap'. Je sais que tu te disputes beaucoup avec Maman. Mais Pap'...

– Il nous a abandonnées pour aller avec cette Chloë. Elle était trop jeune pour lui, et elle voulait des enfants, et...

– Tu sais bien qu'il a rencontré Chloë après que Maman lui a dit qu'elle ne voulait plus être avec lui. Et je trouvais Chloë gentille...

– Parce qu'elle te traitait comme « quelqu'un de spécial ». Comme tout le monde, d'ailleurs.
J'ai dévisagé ma sœur un long moment. J'hésitais à lui dire quelque chose que je voulais lui dire depuis longtemps, même si je savais que ça lui serait désagréable. Et à moi aussi. J'ai quand même décidé de le faire :
– Tu n'arrêtes pas de répéter que je suis spéciale. Et que je monopolise toute l'attention. Mais je vais te demander un truc : tu préférerais vraiment être moi ? Obligée de communiquer avec une tablette ? Incapable de parler ? Tu voudrais vraiment être à ma place, parce que tu penses que je suis mieux traitée que toi ? Si tu veux échanger ta voix contre ma tablette…
Émilie s'est caché le visage dans les mains et a commencé à pleurer.
– Laisse-moi tranquille, m'a-t-elle lancé.
– OK, je te laisse, ai-je répondu. Mais je veux que tu saches une chose : même si tout est difficile pour toi en ce moment et même si tu crois que tout le monde est contre toi, Maman, Pap' et moi, on t'aime. Tu n'es pas seule.
Émilie a enfoncé sa tête dans son oreiller et a pleuré de plus belle. J'ai voulu la serrer dans mes bras mais elle m'a repoussée. C'est toujours dur pour moi quand j'essaie de réconforter une personne et qu'elle ne veut pas être aidée.
Je lui ai quand même dit :

– Je vais dans ma chambre, si tu as besoin de moi…
– Je n'ai besoin de personne !

Pauvre Émilie. Tout est un tel drame, pour elle ! J'aimerais tellement qu'elle réussisse à voir le monde d'une façon plus joyeuse. Mais elle me trouve trop heureuse, trop positive. Toujours en train de voir le bon côté des choses et des gens. En quoi est-ce mal ?
J'ai posé la question à Aube, quelques instants plus tard, quand je suis arrivée à Sésame. J'ai senti que c'était le moment d'y aller. Il n'était pas encore trop tard ; de toute façon, à Sésame, Aube et moi nous pouvons sortir nous promener le soir sans craindre d'être grondées par nos parents. À Sésame, les rues sont très sûres, il n'y a pas de circulation et on peut aller partout sur notre tandem. Alors, quand je suis entrée dans ma chambre, je me suis assise sur mon lit. J'ai mis mes doigts dans mes oreilles. J'ai fermé les yeux. Et j'ai murmuré : « Sésame ! » trois fois

de suite. Et avant que j'aie eu le temps de dire ouf… j'étais dans la chambre d'Aube, dans l'appartement de ses parents dans le 15e arrondissement. Elle était à son bureau en train de dessiner dans un cahier avec des crayons de couleur. Je me suis glissée derrière elle et je l'ai serrée fort dans mes bras.

– Fin de journée difficile dans le Monde dur ? m'a-t-elle demandé.

Je lui ai raconté la bonne nouvelle pour Maman et Pap' et la mauvaise pour Émilie.

– C'est super, pour tes parents ! Mais pour Émilie… Ici, contrairement à ce qui se passe dans le Monde dur,

les gens ne se disputent jamais, ils sont gentils et attentionnés les uns avec les autres. J'ai un nouvel ami, que je viens de rencontrer et qui a beaucoup d'idées sur les problèmes qu'on se crée soi-même ; il était l'animal de compagnie préféré d'un célèbre philosophe.
– C'est quoi, un philosophe ?
– Quelqu'un qui réfléchit à l'existence et à la manière dont on vit.
– Nous avons tous besoin de réfléchir à ça ! Et l'animal de compagnie de ce philosophe... ?
– C'est un chat.
– J'adore les chats. Ils sont très indépendants.
– Celui-là encore plus que les autres. Quoiqu'il aime beaucoup qu'on le caresse. C'est le propre des chats : même s'ils sont très heureux d'être seuls et qu'ils ne montrent jamais leur joie comme les chiens, ils ont quand même besoin de notre affection. En tout cas, Avocat est comme ça.
– C'est son nom ? C'est un chat avocat ?
– Non ! Mais son maître, qui n'était pourtant pas connu pour son sens de l'humour, a trouvé ce nom rigolo !
– Quand est-ce qu'on pourra le voir ?
– Maintenant ! Et ça, c'est un dessin que je vais lui apporter : un portrait de lui et de son maître.
J'ai regardé le dessin. Le chat avait des poils noirs et blancs et un regard très sérieux. Son maître avait l'air encore plus sérieux avec ses lunettes rondes et sa pipe.

– Ce philosophe s'appelait Jean-Paul, a dit Aube. Mais tout le monde le connaît sous le nom de Sartre.
– Où va-t-on retrouver Avocat?
– Au café favori de son maître.
– Tu crois qu'on pourra y boire un chocolat? ai-je demandé.
– Bien sûr! Même si, à mon avis, Sartre aimait plutôt boire des verres de vin rouge.
Quelques instants plus tard, nous étions sur notre tandem. Nous avons quitté le 15e et rejoint la Seine, puis nous avons suivi les quais jusqu'au 6e arrondissement. Il faisait nuit. Nos lumières étaient allumées. Comme il n'y a pas de voitures à Sésame, on peut rouler très vite. Pendant le trajet, j'ai tout raconté à Aube au sujet de ma nouvelle professeure Diane, et aussi comment elle avait su pour mon pouvoir magique.
– Tu lui as dit que tu voyais derrière les yeux des gens? a demandé Aube.
– Bien sûr que non! Mais elle m'a fait comprendre qu'elle l'avait deviné.
– Ça va être bizarre. Si elle te redemande, surtout…
– Je ne dirai rien! Josiane m'a expliqué qu'une des raisons pour lesquelles je ne pouvais parler à personne de mon pouvoir magique, c'est qu'il risquait de mettre les gens mal à l'aise. Les pensées sont censées être privées. Donc oui, je vais devoir faire attention avec Diane… Elle m'a l'air chouette, mais je ne sais pas trop

comment être avec quelqu'un qui soupçonne l'existence de mon pouvoir magique.

– Tu devrais demander à Avocat. Il a beaucoup d'idées sur la manière dont les gens réfléchissent et se font une opinion sur les autres.

– Parce que lui aussi il a un pouvoir magique ?

– Non, parce qu'il est philosophe !

On a roulé le long du boulevard Saint-Germain et on s'est arrêtées près d'une église devant laquelle quatre musiciens jouaient du jazz.

– Pap' adore le jazz, ai-je dit à Aube.

– Tous les écrivains adorent le jazz. Parce que les musiciens de jazz, comme les gens qui écrivent des romans, inventent presque tout au fur et à mesure.

Le café s'appelait *Les Deux Magots*. Avocat nous attendait à une table, devant la porte d'entrée. Il a salué Aube en se frottant contre son bras tandis qu'on s'asseyait. Ensuite, quand Aube m'a présentée, Avocat a roulé sur le dos pour que je lui caresse le ventre. Puis il s'est remis sur ses pattes et il a dit :

– J'aime bien qu'on me caresse. Mais contrairement à mes amis les chiens, je n'ai pas besoin d'être tout le temps cajolé. Je choisis les moments où j'ai envie d'affection et ceux où je veux être seul avec mes pensées.

Le café s'appelait Les Deux Magots

Le serveur est venu à notre table. Nous avons commandé des chocolats chauds. Le serveur a prévenu Avocat que son ami tigré, Montaigne, l'attendait dans la ruelle, derrière.

– Pouvez-vous lui dire que je suis avec des amis et lui demander de revenir dans une heure ?

Avocat nous a ensuite expliqué :

– Montaigne et moi, nous avons parlé de la peur, hier soir. Vous savez ce qu'il m'a dit ? « Ma vie a été pleine de terribles malheurs dont la plupart ne se sont jamais produits. »

– J'adore ! me suis-je exclamée. Montaigne a tellement raison ! On a souvent peur de choses qui, en fait, ne nous arriveront jamais.

– La peur fait partie de la vie, a dit Avocat. Mais c'est aussi un choix. Mon maître, Sartre, était obsédé par l'idée que « nous sommes nos choix ». En d'autres termes : nous devenons ce que nous avons choisi.

– Donc si on a choisi d'être malheureux… ? ai-je demandé.

– Alors on devient malheureux, a répondu Avocat. Même s'il nous arrive quelque chose de vraiment terrible, nous pouvons toujours choisir comment réagir face à la situation.
– Par exemple, quand j'ai été harcelée à l'école, j'aurais pu choisir de croire que les harceleurs avaient raison, ou ne pas chercher à les arrêter...
– Exactement ! a renchéri Avocat. C'est dur d'être harcelé. Mais si tu laisses les autres avoir du pouvoir sur toi, ou si tu as tellement peur que tu te sens incapable d'aller voir la maîtresse ou la directrice... c'est aussi un choix.
– En résumé, Sartre pense que notre vie est le résultat des choix que nous faisons, ai-je conclu. C'est bien ça ?
– Parfaitement, Aurore ! Tu commences à comprendre la philosophie !
– Ce que je commence aussi à comprendre, c'est que, en décidant de vivre à nouveau ensemble, ma Maman et mon Pap' ont également fait un choix.
– Ils se sont sans doute rendu compte que leur destinée était d'être l'un avec l'autre, a ajouté Aube.
– Qu'est-ce que c'est, la destinée ? ai-je demandé.
Avocat a répondu :
– Ce sont les choses que tu es censée faire dans la vie.
– Mais souvent, on ne fait pas ce qu'on est censés faire, ai-je observé.
– Ça aussi, c'est la destinée, a dit Avocat.
– Et s'il t'arrive quelque chose... ? ai-je interrogé.

– On parle alors de destin. Mais à la manière dont Sartre le voit : le destin arrive, alors tu fais un choix, et ce choix fait partie de ta destinée. Je vais te donner un exemple : disons que tu trouves un portefeuille sur une table d'un café. Il est plein d'argent. Tu es pauvre et tu as terriblement besoin de cet argent. Le fait que tu te sois assise à une table d'un café avec ce portefeuille laissé par quelqu'un, c'est le coup du destin. Ensuite, il y a le choix que tu fais : tu peux prendre l'argent dans le portefeuille et t'en aller. Mais tu risqueras d'être attrapée et arrêtée par la police, ce qui ne fera que rendre ta vie pire encore. C'est la destinée.
Je demande :
– Et si tu dis au gérant du café que tu as trouvé ce portefeuille et qu'ensuite son propriétaire se révèle être un riche homme d'affaires et qu'il est tellement content de retrouver son portefeuille et impressionné par ton honnêteté qu'il te donne un travail et que tu peux de nouveau nourrir ta famille… c'est aussi la destinée ?
– Non, ça, c'est un conte de fées ! a répondu Avocat, et nous avons éclaté de rire.
Les chocolats chauds sont arrivés. Au moment où je prenais ma première gorgée, j'ai entendu une voix qui venait du Monde dur :
– Aurore !
C'était Maman. J'ai bu une autre gorgée de mon chocolat en sachant que je n'aurais pas d'autre choix que de

quitter Sésame dans quelques instants. Comme s'il lisait dans mes pensées, Avocat a dit :

– J'espère que tu reviendras et qu'on pourra continuer à parler de philosophie. Tout comme j'espère que tu te souviendras de ça : beaucoup de choses sont déterminées par les choix qu'on fait.

Je lui ai donné une dernière caresse sur la tête. Et j'ai dit :

– Tu peux finir mon chocolat si tu en as envie !

– J'en ai très envie ! a répondu Avocat. Contrairement à là où tu vis, à Sésame, nous les chats, nous pouvons

boire du chocolat, parce qu'il n'est pas dangereux pour notre santé. Reviens vite nous voir !

J'ai serré Aube dans mes bras. Elle m'a dit :

– Je suis toujours là, si les choses sont trop difficiles dans le Monde dur.

Maman a de nouveau appelé, plus fort :

– Aurore ! Viens vite ! J'ai une formidable nouvelle !

J'ai déclaré, en souriant :

– On dirait que ça n'est pas si difficile que ça, en ce moment, dans le Monde dur.

Avocat m'a mise en garde :

– Comme aurait pu dire mon maître Sartre : même quand tout va bien, le malheur n'est jamais loin.

– Ça n'est pas une façon très joyeuse de voir le monde ! ai-je fait remarquer.

– Les philosophes ne sont jamais joyeux, a répliqué Avocat. Les chats des philosophes non plus. Sauf quand ils boivent du chocolat.

– Aurore ! C'est la dernière fois que je t'appelle !

J'ai dit au revoir à mes amis. Ensuite, comme chaque fois que je dois quitter Sésame, j'ai mis mes doigts dans mes oreilles, fermé les yeux et répété trois fois : « Retour aux problèmes ! »

Et hop ! j'étais de nouveau dans ma chambre. Maman continuait de m'appeler. J'ai pris ma tablette, je suis sortie en direction de la cuisine. Ma professeure Diane

était là, elle prenait un café avec Maman et Pap'. Je me suis précipitée vers elle pour l'embrasser.
– Qu'est-ce que tu fais ici? l'ai-je questionnée.
– J'ai envoyé un message à tes parents cet après-midi pour leur demander si je pouvais passer ce soir. J'espère que ça ne t'ennuie pas!
– C'est super que tu sois là! me suis-je exclamée. Tu vas me faire travailler un peu?
– C'est une des nombreuses qualités que je trouve formidables chez votre fille : elle adore apprendre! a dit Diane à Maman et Pap'.
– J'adore m'amuser, aussi! ai-je précisé. Tu as une surprise pour moi?
– Ça n'est pas exactement une surprise, a expliqué Pap'. C'est un cadeau.
– Laisse Diane lui annoncer, chéri, est intervenue Maman.
– Je disais juste...
– C'est la surprise de Diane, pas la tienne, a insisté Maman.
– Dites-moi ce que c'est, s'il vous plaît! suis-je intervenue. Diane a eu un sourire jusqu'aux oreilles. Et elle m'a demandé :
– Est-ce que tu aimerais venir à New York?

Est-ce que tu aimerais venir à New York ?

New York ! Quand j'avais huit ans, Maman et Pap' ont passé quelques jours là-bas ; ils avaient demandé à Josiane de rester avec Émilie et moi pendant leur absence. Depuis, j'ai toujours rêvé d'aller dans cette ville incroyable. Surtout que Maman et Pap' n'arrêtaient pas de parler des immeubles hyper grands, des rues follement animées, des lumières partout et du patin à glace à Central Park ! Et aussi du zoo et des clubs de jazz où on va tard le soir pour écouter des musiciens ! Ils m'ont rapporté une maquette en verre de l'Empire State Building. Il est longtemps resté l'immeuble le plus haut du monde et je l'ai vu pour la première fois quand Pap' m'a emmenée voir *King Kong*. J'étais triste quand ce grand gorille est tombé du toit. Pap' m'a expliqué que l'histoire était complètement inventée. *King Kong* est ce qu'il appelle une « parabole » – une histoire qui nous apprend aussi quelque chose – sur l'amour, qui peut prendre toutes sortes de formes. Et sur comment ce grand gorille que tout le monde prenait pour une bête sauvage était en fait très gentil avec la jeune fille, qui est devenue son amie. Quand le film est sorti, il y a presque cent ans, les gens étaient étonnés de voir qu'un singe pouvait monter tout en haut d'un aussi grand immeuble. Je vais voir l'Empire State Building de mes propres yeux ! Grâce à Diane !

Voici la raison de ce voyage à New York : on a invité Diane à venir parler dans une université qui s'appelle Columbia. Elle va donner une conférence sur son autisme et sur comment elle a appris non seulement à vivre avec, mais aussi à s'en servir pour voir le monde d'une manière différente. Diane a dit aux organisateurs de l'événement qu'elle souhaitait que je vienne avec elle et que je parle aussi.

– Pendant que tu faisais une petite « sieste » dans ta chambre, j'ai tout expliqué à tes parents, a précisé Diane. J'ai prévenu les organisateurs que tu t'exprimais avec ta tablette et ils ont trouvé ça super. Ils ont dit qu'ils demanderaient au technicien d'installer un grand écran dans la salle de conférences pour montrer tout ce que tu écriras sur ta tablette.

– Est-ce que cette université est à New York ?

– Absolument ! J'y suis déjà allée. Un de mes meilleurs amis d'école, qui s'appelle David, a étudié là-bas.

Maman est alors intervenue :

– Ah, donc vous y allez aussi pour retrouver un petit ami ?

Pap' a secoué la tête et dit à Diane :

– Vous n'êtes pas obligée de répondre à cette question.

Maman a répliqué :

– Je pense que c'est une question tout à fait justifiée dans la mesure où nous allons laisser notre petite fille se rendre à New York avec Diane.

– David n'a jamais été mon petit ami, a répondu Diane. C'est simplement un poète génial qui a décidé de devenir professeur de littérature aux États-Unis. Il enseigne maintenant en Californie, donc nous ne le verrons pas quand nous serons à New York.

– Pourquoi avez-vous parlé de lui, alors ? a demandé Maman.

– Parce qu'elle expliquait pourquoi elle était déjà allée dans cette université ! a dit Pap'.

– Tu n'es pas obligé de me parler sur ce ton, a rétorqué Maman.

– Je t'ai parlé sur ce ton uniquement parce que tu as sous-entendu que la seule raison pour laquelle Diane voulait aller à New York avec Aurore, c'était pour voir son petit ami !

– Je n'ai pas de petit ami, les a interrompus Diane. Parce que j'aime les filles.

J'ai vu que Maman a eu l'air un peu étonnée à cette nouvelle. Pap' a souri, comme s'il avait aussitôt compris

pourquoi Diane avait dit ça et s'amusait de voir Maman mal à l'aise. Moi, j'avais une question :
– Ça veut dire quoi, tu aimes les filles ?
Maman a répondu à sa place.
– Si j'ai bien compris, Diane est en train de nous dire que, quand elle tombe amoureuse et a des histoires d'amour, c'est avec des filles. Comme certains hommes qui ont des histoires d'amour avec d'autres hommes. Jusqu'à récemment, une femme qui aimait les femmes ou un homme qui aimait les hommes étaient très mal vus et critiqués. On les empêchait d'avoir les meilleurs postes. On pouvait même les mettre en prison.
– Ça arrive encore dans certains pays, a dit Pap'.
– Mais c'est de moins en moins le cas, heureusement, a poursuivi Maman. Quoi qu'il en soit, une chose est sûre : c'est horrible et très injuste de discriminer les femmes qui aiment des femmes et les hommes qui aiment des hommes.
Diane s'est exclamée, avec un immense sourire :
– Tes parents sont vraiment formidables ! Ils comprennent qu'on ne peut pas juger quelqu'un en fonction de qui il aime et qu'on doit être inclusif. Voilà deux nouveaux mots pour toi, Aurore : *discriminer* et *inclusif*.
C'était un nouvel aspect chouette de mes cours avec Diane : quand je ne connaissais pas un mot, je le cherchais dans mon dictionnaire en ligne. J'ai donc appris que discriminer signifie : «Juger quelqu'un en fonction

de ce qu'il est – son origine, sa nationalité, sa religion ou son orientation amoureuse – plutôt que sur son mérite personnel. » Et qu'inclusif veut dire : « Qui intègre tout le monde. »

J'ai décidé que « inclusif » était mon nouveau mot préféré.

– L'université prendra en charge l'hôtel, a expliqué Diane. Ils s'occupent également des billets d'avion. Et ils nous donneront 300 dollars à chacune : pour la conférence et pour rencontrer certains professeurs de l'université Columbia qui veulent nous interviewer au sujet de notre manière de voir le monde.

Maman et Pap' ont échangé un regard. Pap' a dit :

– J'espère qu'Aurore ne va pas être présentée comme « l'enfant spéciale qui porte un regard magique sur le monde ».

Diane a pensé :

« Nous ne parlerons certainement pas aux professeurs du pouvoir magique que nous avons en commun ! »

Elle a ensuite cherché à me rassurer :

– Faites-moi confiance : nous n'allons pas là-bas pour être exhibées ! Nous ne ferons pas un numéro d'otaries savantes pour faire plaisir aux professeurs.

– Mais j'adore les otaries ! ai-je dit.

Maman est alors intervenue :

– Je vais voir si je peux prendre quelques jours de congé et vous accompagner.

Elle a effleuré la main de Pap' et a ajouté :

– Tu pourrais venir aussi. Nous ne sommes pas allés à New York depuis cinq ans.

Pap' a eu un sourire crispé. Je l'ai vu penser :

« Si seulement j'avais l'argent pour faire ce voyage. Mais mes livres ne se vendent pas encore assez bien. »

Au lieu de ça, il a fait remarquer :

– C'est seulement pour cinq jours et quatre nuits. Et Diane nous a envoyé par mail la lettre d'invitation de Columbia et les propositions pour l'avion et l'hôtel. Tout est bien organisé.

– Je ne doute pas un instant de ce que nous dit Diane. C'est juste que...

– Je sais, a dit Diane. Je n'ai que vingt-deux ans et, comme Aurore, je suis un peu différente des autres...

– Ça n'est pas du tout ce que je pense ! a protesté Maman.

Mais je le savais : c'était exactement ce qu'elle pensait. Ça ne me dérangeait pas du tout que Maman s'inquiète comme ça. Josiane et Diane m'ont expliqué que certaines personnes autistes ne peuvent même pas sortir seules et ont besoin d'être aidées en permanence. C'est difficile pour elles et pour leur famille. D'autres ont besoin d'aide, mais pas tout le temps. D'autres encore, comme Diane ou moi, n'ont presque pas besoin d'aide – quoique beaucoup de gens trouvent étrange que je ne puisse parler qu'avec ma tablette. Je sais que ça préoccupe Maman que j'aie besoin de ma tablette pour communiquer, et qu'elle n'arrête pas de se répéter : « Un jour, Aurore pourra parler comme tout le monde. » Maman est formidable, et elle adore le fait que Pap' et moi nous soyons si différents des autres. Même si, au fond d'elle-même, elle aimerait bien qu'on soit un peu plus comme tout le monde. Quant à Émilie, je crois qu'elle est inquiète à l'idée de ressembler plutôt à Maman qu'à Pap' ou moi. Mais je sais qu'elle a de nombreux talents. Surtout en dessin. Elle fait des portraits incroyables de gens qu'elle connaît ou qu'elle voit dans la rue. Elle est très douée, mais elle n'arrête pas de se critiquer. Chaque fois que je lui dis qu'elle a vraiment du talent, elle prétend que je dis ça juste par gentillesse.

– Je ne serai jamais une artiste, m'a-t-elle confié il y a quelques jours, tandis qu'on rentrait de l'école et que je la complimentais sur le dessin qu'elle avait fait de Diane (ses cheveux étaient un arc-en-ciel dans lequel dansaient toutes sortes d'animaux du cirque).

Elle a ajouté :

– Tout le monde dit que c'est toi qui es douée.

– Mais je ne sais pas dessiner comme toi, ai-je protesté. Je suis seulement forte pour aider les gens. Toi, tu es une artiste !

Une artiste très talentueuse, comme le lui a dit sa professeure d'arts plastiques à plusieurs reprises. Cette professeure a même suggéré à Maman que, l'été prochain, Émilie suive un cours de dessin dans une célèbre école

d'art à Paris ; et j'ai entendu Maman et Pap' parler du fait qu'Émilie pourrait habiter chez Pap' pendant qu'elle apprendrait à perfectionner son dessin à l'École des beaux-arts. Mais ma sœur doute tellement d'elle-même…

– Je ne serai jamais une artiste, a tranché Émilie. Parce que j'ai peur de l'échec. Je ferais mieux de travailler dans une banque, comme Maman…

– Oh, Émilie, arrête d'être aussi dure avec toi-même et si pessimiste concernant ton avenir !
– Mais j'ai beau vouloir être bizarre, je suis juste normale !

J'ai chassé ce souvenir pour revenir à la discussion à propos du voyage à New York, avec Maman, Pap' et Diane. Maman disait à Diane :
– Je ne vous trouve pas du tout différente des autres.
Au même instant, je l'ai vue penser :
« Si seulement Diane n'avait pas des cheveux pareils… »
– Pourtant je suis un peu étrange, a fait remarquer Diane.
– Étrange d'une bonne manière, a dit Pap'.
– Je vous promets de m'occuper d'Aurore au mieux quand nous serons à New York, a assuré Diane. Mais si vous voulez vraiment venir avec nous, madame, j'en serai très heureuse. Nous partageons une chambre d'hôtel, avec Aurore, mais nous pourrons vous laisser un lit et je dormirai sur le canapé…
– Ça ne sera pas nécessaire, est intervenu Pap'.
– Merci de répondre à ma place, lui a dit Maman.
– J'ai lu dans tes pensées, a glissé Pap'.
– Ah, tu peux lire dans les pensées ?
– Difficilement. Personne ne peut vraiment le faire !
J'ai vu Diane baisser les yeux en retenant un sourire. Était-ce une manière de me dire : « Même si tu ne veux pas l'admettre, je connais ton secret » ?

Pap' a expliqué à Maman :

– Les écrivains essaient toujours de deviner ce que pensent les autres, c'est une habitude.

– Eh bien, j'aimerais beaucoup aller à New York, a dit Maman. Mais si je prends une semaine de congé maintenant, il ne me restera que quinze jours de vacances pour cet été. Et j'ai vraiment envie qu'on aille tous en Italie, cette année. Pour nos premières vacances en famille depuis…

Maman s'est interrompue. Je l'ai vue penser :

« … depuis que j'ai mis fin à ce mariage en pensant que je serais mieux toute seule. Ce qui est peut-être encore le cas… Pourtant je suis tellement heureuse qu'Alain soit revenu vivre avec nous… Même si, parfois, il me rend folle avec son désordre. Il n'apprendra donc jamais à ranger derrière lui ? »

J'ai posé ma main sur le bras de Maman puis j'ai écrit :

– Si tu veux venir à New York avec nous, ça me ferait super plaisir.

– Oh ! tu es si gentille, Aurore, a répondu Maman. Je peux peut-être convaincre la banque de me donner quelques jours de congé.

Pap' lui a caressé le bras et il a dit :

– Moi aussi j'adorerais aller à New York. Mais je crois que ça serait mieux de laisser Aurore voyager seule avec Diane. À condition que tu nous promettes d'être très prudente, Aurore. Tu es notre trésor.

Dans la pièce à côté, nous avons entendu Émilie crier :
– Voilà ! C'est bien ça ! C'est elle le trésor, pas moi !
Diane s'est levée d'un bond et elle a ouvert la porte. Émilie était accroupie derrière. Elle était là depuis le début et avait entendu tout ce qu'on disait (sauf ce que je disais, moi). Diane a posé sa main sur l'épaule de ma sœur et elle lui a expliqué :
– Tous les enfants qui ont un frère ou une sœur avec ce que les gens appellent « un handicap » – mais que je préfère considérer comme un « don spécial » – croient que leurs parents préfèrent cet enfant-là. C'est parce que cet enfant a plus besoin d'être aidé. J'ai grandi avec ma sœur, Justine, qui, comme toi, était toujours en colère parce que ma maman devait me trouver des professeurs particuliers et passer beaucoup plus de temps avec moi à cause de mon autisme. Justine n'arrêtait pas de se dire : « Pourquoi c'est elle qui accapare toute l'attention alors que c'est moi la petite fille modèle ? »
Émilie a baissé la tête.
– Moi aussi, je veux aller à New York, a-t-elle murmuré.
Maman et Pap' ont échangé un regard. Puis Pap' a dit :
– On peut peut-être arranger ça.

C'était la première fois que je prenais l'avion ! Et que j'allais dans un aéroport, même ! J'étais déjà allée à l'étranger : avant que Maman et Pap' ne se séparent, nous sommes partis en vacances en Espagne et en Italie. Mais chaque fois en voiture.

Dans le RER qui nous emmenait, Diane et moi, de Fontenay à Châtelet, où nous allions changer pour prendre un autre RER jusqu'à Roissy, j'avais un sourire jusqu'aux oreilles. J'allais bientôt m'envoler dans le ciel ! J'étais seule avec Diane. Pap' et Émilie partaient pour New York avec un autre vol, dans l'après-midi. L'université qui nous a invitées nous avait pris des billets sur un vol d'une compagnie américaine qui décollait de Paris à 9 h 30. Diane avait dû venir me chercher à 5 heures du matin ! Mais j'étais tellement excitée que ça ne m'avait pas dérangée de me lever si tôt. Maman m'a serrée longtemps dans ses bras, et elle a dit à Diane :

– C'est la première fois que je suis séparée d'Aurore, alors, s'il vous plaît, faites vraiment très, très attention à elle.

Diane lui a promis qu'elle ne me quitterait pas une seconde des yeux. J'ai ajouté :
– De toute façon, Pap' sera là aussi, avec Émilie.
– Mais il sera dans un autre hôtel, a répondu Maman. Vous devrez être vraiment très prudente, Diane. Je compte sur vous.
Pendant le trajet jusqu'à l'aéroport, Diane m'a confié que sa mère était exactement comme la mienne : toujours à s'inquiéter pour sa fille à cause de son « handicap ».
– Quand j'étais petite, je ne supportais pas ce besoin qu'elle avait de me protéger tout le temps. J'avais l'impression qu'elle essayait de m'empêcher de faire des choses. Maintenant, je comprends que les parents s'inquiètent toujours pour leurs enfants. Mon père nous a quittées quand j'étais adolescente. Plus tard, lorsque je me suis rendu compte que j'étais différente, j'ai pensé que c'était à cause de moi qu'il avait disparu. Maman m'a toujours répété que s'il était parti, c'était à cause de ses problèmes à lui, pas des miens. Peut-être que ça l'a rendue encore plus protectrice avec moi. S'il m'arrivait quelque chose...
Diane a baissé la tête et j'ai vu qu'elle était triste. J'ai posé ma main sur son bras. Elle m'a demandé :
– Est-ce que ta maman sait, pour ton pouvoir magique ?
– Je n'ai pas de pouvoir magique, ai-je répondu.
Elle m'a dit, en souriant :

– D'accord, je comprends. Tu ne veux pas en parler. C'est ton secret. J'ai beau être ta professeure, j'espère être aussi ton amie. Mais même les meilleures amies ne partagent pas toutes leurs pensées. Est-ce que tu as une meilleure amie ?
– Bien sûr. Mais…
– Je sais : c'est ton amie qui vit dans ce monde secret où tu es la seule à aller.
Je suis devenue toute pâle.
– Je ne peux pas en parler ! ai-je dit.
J'ai passé un pacte avec Aube en lui promettant de ne parler à personne de notre amitié.
– J'ai compris, ne t'inquiète pas. J'ai juste une dernière question : quand tu es à Sésame, est-ce que tu peux aussi lire dans les pensées de ta meilleure amie ?
– Pas du tout, ai-je répondu.
– Peut-être parce que, à Sésame, tu es comme tout le monde. Tu peux parler, tu ne peux pas lire dans les pensées des autres…
J'ai répété :
– Je ne peux vraiment rien dire là-dessus.
– Je comprends, a répondu Diane. Et tu as raison. On ne peut pas être totalement honnêtes les uns avec les autres. Tu imagines si on disait tous ce qu'on pense ? On n'arrêterait pas de se disputer. Parce qu'on ferait du mal en disant certaines paroles blessantes et on souffrirait d'en entendre d'autres. Je me rends aussi compte

qu'avoir un pouvoir magique comme le tien, c'est une grande responsabilité.

Nous sommes finalement arrivées à l'aéroport. Il y avait tellement de monde ! Et des files d'attente partout ! La femme qui a enregistré nos bagages nous a dit que, comme notre avion n'était pas plein, nous pourrions avoir un siège libre entre nous si nous nous installions tout au fond.

– Il n'y a pas beaucoup d'espace, à l'arrière, a expliqué Diane pendant que nous faisions la queue pour passer la sécurité.

– Pas de problème, ai-je dit. Je suis encore petite. Et franchement, ça m'est égal d'être bien installée ou pas. C'est mon premier voyage en avion !

La file d'attente pour la sécurité était très longue. Nous sommes arrivées devant un tapis où nous devions mettre tous nos objets métalliques dans un bac en plastique pour qu'ils passent dans une machine avec des rayons X. Derrière la machine, des femmes et des hommes en uniforme examinaient les objets. Diane m'a prévenue que les agents de sécurité insisteraient pour que ma tablette passe dans la machine. Mais je ne veux jamais m'en séparer ! Sans elle, je ne peux communiquer avec personne.

– Ça sera juste pour une ou deux minutes, a précisé Diane tandis qu'on s'approchait de la terrible machine.

– Personne ne me prend ma tablette, jamais !

– Mais tu ne pourras pas monter dans l'avion si tu ne fais pas ce que la sécurité demande à tous les passagers : mettre ses objets métalliques dans la machine.

– Émilie m'a prévenue qu'ils feraient ça. Elle m'a dit qu'ils enverront des rayons X sur ma tablette et que ça la détruira ! Comment je peux aller à New York si ma tablette ne marche pas ? Sans elle, je ne peux pas parler !

Nous étions arrivées devant la machine. Une femme en uniforme m'indiquait de mettre ma tablette dans le bac en plastique. Je l'ai serrée contre moi.

– Pose-la dans le bac, a-t-elle ordonné.

J'ai secoué la tête et j'ai écrit sur ma tablette : « Je ne peux pas parler sans ma tablette. »

– Tu n'as pas besoin de parler, m'a dit l'agente de sécurité, d'un ton pas gentil du tout. Tu dois juste poser ta tablette dans le bac, maintenant.

J'ai de nouveau secoué la tête et elle a froncé les sourcils.

– Va chercher la police, a-t-elle ordonné à l'un de ses collègues.

C'était un homme avec un turban sur la tête, il avait l'air beaucoup plus gentil que la femme.

– Tu devrais peut-être chercher à comprendre pourquoi cette petite fille ne veut pas lâcher sa tablette, a-t-il conseillé.

– Appelle la police immédiatement! a crié la femme. Elle refuse de se conformer au règlement.

– Mais il y a peut-être une raison pour qu'elle ne s'y conforme pas..., a insisté l'homme.

– Je viens de te donner un ordre! a répliqué la femme, hors d'elle.

Diane était très fâchée.

– C'est comme ça que vous traitez quelqu'un qui ne peut *réellement* pas parler? a-t-elle protesté. Et qui se sert de sa tablette pour communiquer avec...

– Le règlement c'est le règlement, a coupé l'agente de sécurité.

Au même instant, deux policiers sont arrivés.

– Quel est le problème? a questionné le plus âgé des deux.

– La petite fille refuse de donner sa tablette pour qu'elle passe dans la machine, a dit la femme.

Le policier m'a regardée d'un air furieux.

– C'est vrai, jeune fille ? a-t-il demandé.

J'ai tendu ma tablette avec la réponse :

– J'ai ce qu'on appelle un « handicap » (mais je n'aime pas ce mot). Je ne sais pas parler. Ma tablette est mon seul moyen pour communiquer avec vous ou avec qui que ce soit. Donc si vous me l'enlevez…

Le policier le plus âgé a ouvert des yeux ronds comme des billes. Le plus jeune policier – il devait avoir le même âge que Diane – s'est tourné vers l'agente de sécurité et lui a demandé :

– Cette jeune fille vous a-t-elle expliqué ce qu'elle vient de nous dire ?

L'agente de sécurité a eu soudain l'air paniquée. Elle s'est exclamée :

– Elle ne m'a pas dit qu'elle ne pouvait pas parler !

Diane était vraiment très en colère, maintenant.

– C'est faux ! Et vous le savez ! C'est comme ça qu'on traite les personnes différentes, dans cet aéroport ?

Le plus jeune policier s'est accroupi à côté de moi et a voulu savoir comment je m'appelais. Je lui ai montré mon passeport. Il m'a souri.

– Ravi de faire ta connaissance, Aurore. Je m'appelle Claude. Mon collègue ici présent s'appelle André. C'est incroyable à quel point tu parles vite, avec ta tablette !

– Parce que c'est mon seul moyen de m'exprimer. Si cette femme me la prend...

– Je voulais juste qu'elle obéisse au règlement ! s'est récriée la femme.

Le policier André a levé la main, comme s'il arrêtait la circulation dans la rue. Il s'est penché pour examiner le badge de l'agente de sécurité.

– Agente Geneviève, badge n°467SSPRH, vous êtes dans de beaux draps. Parce que vous avez mal jugé la situation et tenu à « respecter le règlement » à tout prix, alors que vous savez pertinemment que, dans certaines situations, nous nous devons d'aider quelqu'un qui est différent de nous.

– Je ne suis pas si différente ! ai-je protesté. J'ai juste besoin de ma tablette pour parler.

Le policier Claude s'est remis debout et a murmuré quelque chose à l'oreille du policier André. J'ai vu ce dernier penser :
« J'ai tellement envie de quitter ce boulot à l'aéroport pour essayer de devenir inspecteur ! »
Puis le policier Claude s'est tourné vers moi et m'a souri.
– Est-ce que je peux te proposer un marché, Aurore ? On met ta tablette sur le tapis roulant et c'est moi qui la regarderai passer dans la machine.
– Mais ma sœur m'a dit que les rayons X allaient l'abîmer !
Le policier Claude a insisté.
– Je sais à quel point cette tablette est importante pour toi, Aurore. Si tu me fais confiance…
J'ai hésité un instant, jusqu'à ce que Diane pose sa main sur mon épaule. J'ai lu dans ses pensées :
« Quelle idiote je suis, j'aurais dû mieux préparer Aurore à tout ça ! J'espère qu'elle ne le racontera pas à ses parents. »
J'ai tendu ma tablette au policier Claude, qui a dit :
– Elle sera hors de tes mains pendant une minute, pas plus, d'accord ?
Comme je ne pouvais pas parler, j'ai juste hoché la tête. J'ai regardé le policier Claude déposer ma tablette dans un bac en plastique puis j'ai vu le tapis roulant la faire avancer dans la machine. Dès qu'elle a disparu, j'ai légèrement paniqué – moi qui ne panique jamais ! Le policier

Claude s'est approché de l'endroit où se tenait l'agente Geneviève et lui a fait signe de s'écarter. Il a gardé les yeux rivés sur l'écran quand le bac contenant ma tablette s'est arrêté à l'intérieur de la machine. Pendant un moment qui m'a semblé durer une éternité, ma tablette n'a pas bougé. Est-ce qu'il y avait un problème ? Les rayons X avaient-ils remarqué quelque chose de pas normal ?
Puis, tout à coup, j'ai vu le tapis roulant se remettre en route. Le policier Claude s'est éloigné de l'écran et il est passé de l'autre côté du tapis roulant. Quelques instants plus tard, ma tablette a surgi de la machine ! Le policier Claude l'a brandie avec un grand sourire. Je lui ai souri à mon tour et, après que Diane m'a donné un petit coup de coude, je me suis avancée vers le portique de sécurité. Émilie m'avait dit que quand c'est une mauvaise personne qui passe, le portique sonne très fort. Je sais que je ne suis pas une mauvaise personne… mais après ce qui était arrivé avec cette agente de sécurité tellement furieuse, je me suis demandé si la machine n'allait pas décider que j'étais méchante et se mettre à dire à tout le monde : « Méchante fille ! Méchante fille ! »
J'ai respiré un bon coup et j'ai commencé à franchir le portique. J'ai compté : cinq, quatre, trois, deux… Mais avant même d'arriver à « un », j'étais déjà de l'autre côté. Aucune alarme ne s'était déclenchée.
Je n'étais pas méchante, finalement. Le policier Claude m'a fait signe d'avancer.

je n'étais pas méchante, finalement.

– C'était très courageux de ta part, Aurore ! a-t-il déclaré en me rendant ma tablette.
Je lui ai adressé un grand sourire en guise de remerciement et j'ai touché l'écran noir. J'ai été tellement soulagée quand il s'est allumé et que le message habituel est apparu :

```
Bonjour, Aurore ! Parlons un peu !
```

Diane m'a rejointe après avoir elle aussi passé le portique.
– J'aurais dû t'expliquer plus en détail cette histoire de passage de la sécurité, a-t-elle dit.
– Tout va bien, ai-je écrit. Et grâce au policier Claude, j'ai appris quelque chose, aujourd'hui. Quelque chose dont m'avait parlé un chat : on a souvent peur de choses qui, en fait, ne nous arriveront jamais.
Diane a éclaté de rire :
– Ce n'est pas un chat qui a dit ça mais un philosophe qui s'appelle Montaigne !
– Mais le chat s'appelait Montaigne ! ai-je répondu. Et son ami – un chat qui s'appelle Avocat – m'a raconté ce qu'avait dit Montaigne sur le fait d'avoir peur.
Le policier Claude, à son tour, a éclaté de rire :
– Tu es vraiment une personne hors du commun, Aurore ! Bon vol ! Profite bien de New York !
– C'est la toute première fois que je prends l'avion !
– Bon voyage !

L'aéroport était plein de boutiques, de restaurants… et de gens pressés. J'avais hâte de monter dans l'avion ! Nous sommes arrivées dans la salle d'embarquement une heure avant le décollage. Diane a proposé qu'on aille prendre un chocolat dans un des cafés. Je lui ai dit :

– Je ne veux pas rater l'avion. Est-ce qu'on peut plutôt acheter deux chocolats à emporter et s'installer à l'endroit où on embarquera dans l'avion ?

– Pas de problème, a répondu Diane.

Nous avons donc acheté nos chocolats et trouvé deux sièges à côté de la porte d'embarquement.

– Est-ce que ça t'était déjà arrivé ? a demandé Diane pendant qu'on buvait nos chocolats.

– Tu parles de quand j'ai paniqué ?

Elle a hoché la tête.

– Non, c'est la première fois.

– C'est bien que ça te soit finalement arrivé.

– La panique, c'est bien ?

– Je me souviens du jour où, quand j'avais ton âge, une de mes premières professeures – elle s'appelait Karine, elle était suisse et très stricte – m'a dit qu'elle voulait que je traverse la rue toute seule.

– À onze ans tu n'avais jamais traversé la rue toute seule ?

– J'étais toujours accompagnée d'un adulte, quand je sortais. Je répétais tout le temps à mes parents, mes proches, mes profs : « Mais j'aime tenir la main de quelqu'un quand je suis sur la Grande Place ! » – j'appelais comme ça tout ce qui était en dehors de notre appartement. Puis Karine est arrivée et elle a commencé à me lancer des petits défis sur tout. Par exemple, lire un livre comme *Le Petit Prince* et répéter en boucle une phrase que j'aimais. Comme : « Toutes les grandes personnes ont d'abord été des enfants, mais peu d'entre elles s'en souviennent. » Je devais la dire cinq ou six fois de suite : « Toutes les grandes personnes ont d'abord été des enfants, mais peu d'entre elles s'en souviennent. Toutes les grandes personnes ont d'abord été des enfants, mais peu d'entre elles s'en souviennent... »

– Ça devait être difficile pour toi, ai-je dit.

– Pas du tout. Mais ça l'était pour mon entourage !

Soudain, une annonce a retenti : notre vol était prêt pour l'embarquement.

– Tu pourras finir l'histoire dans l'avion ? ai-je demandé à Diane.

– Pourquoi pas quand nous serons dans la queue pour embarquer ?

– Parce que c'est une histoire importante. Et on doit être assis pour écouter les histoires importantes.

Un homme et une femme en uniforme se tenaient à l'entrée de l'avion. Ils ont regardé nos cartes d'embarquement et nous ont dit qu'on était à la rangée 42, à l'arrière de l'appareil. J'ai ouvert des yeux grands comme des soucoupes en découvrant les larges sièges ultra-confortables à l'avant – de vraies cabines miniatures ! – puis les rangées de sièges plus petits qui s'étendaient presque à l'infini. Et les petites fenêtres de chaque côté de l'avion. Et le plafond bas. Et d'autres hommes et femmes en uniforme qui souriaient. Et la sensation d'être dans un énorme tube en métal avec des ailes qui allait s'envoler dans le ciel !

Nos sièges étaient en effet dans la toute dernière rangée. Ils étaient très proches l'un de l'autre. Mais je suis petite et Diane n'est pas non plus très grande. Elle a insisté pour que je prenne le siège près de l'allée centrale afin que je puisse voir ce qui se passait. Il y avait un écran sur le dossier du siège, devant moi, c'était génial ! Je l'ai touché et tous les films et les émissions que je pourrais regarder pendant le trajet sont apparus. En effleurant une autre touche sur l'écran, je pouvais aussi voir l'itinéraire de Paris à New York : nous allions survoler l'Angleterre, l'Irlande, l'océan Atlantique, passer à côté du Groenland, qui ressemble à une terre couverte de glace, de neige et de rennes ! Le voyage durerait sept heures et quarante-huit minutes. Et aussi…

– Veuillez attacher vos ceintures !

L'annonce avait résonné dans les haut-parleurs. Un très gentil monsieur en uniforme est venu vers nous, il nous a dit qu'il s'appelait Grégoire et qu'il s'occuperait de nous pendant le vol, et que je devais ranger ma tablette dans le coffre à bagages au-dessus de ma tête.

– Mais je ne peux pas parler sans ma tablette ! ai-je protesté.

Grégoire a regardé Diane comme pour lui demander : « C'est vrai ? » Diane a hoché la tête. Grégoire m'a souri et il a dit :

– Pas de problème. Garde-la simplement sur tes genoux et ne l'utilise pas pendant le décollage. Je reviens dans un instant avec un petit cadeau pour toi !
Il est allé à quelques pas de là, dans un espace qui, m'a appris Diane, était la cuisine. Il a ouvert un petit compartiment et en a sorti un paquet avec un ruban ! Il est revenu et me l'a tendu.
– Tu trouveras dedans un badge sur lequel il est écrit : « Premier vol ». Et aussi un certificat que je vais remplir, dater et signer à la fin du vol. Et trois petits chocolats en forme d'avion pour toi et ton amie.
– Super ! ai-je répondu. C'est vraiment gentil de votre part.
Il y a eu une autre annonce pour nous dire que nous commencions le « roulage » (un nouveau mot) en direction de la piste de décollage.
– Vous devez ranger vos téléphones et vos tablettes, a dit Grégoire à un garçon et à son père, un peu plus loin.
– Mais elle, elle a encore sa tablette, a protesté le garçon en me regardant.
– Elle en a un besoin particulier, a répondu Grégoire.
– Quel genre de « besoin particulier » ? a questionné le père, comme s'il pensait que Grégoire lui donnait un genre d'excuse.
J'ai levé ma tablette, sur laquelle était écrit :
– Je ne peux pas parler sans elle !
– Elle dit la vérité ? a demandé le père à Grégoire.

– Vous êtes en train de sous-entendre qu'elle ment? a lancé Diane, d'un ton qui montrait qu'elle était prête à se mettre en colère.
Grégoire a lancé un regard à l'homme, comme pour dire : «Je pense qu'il vaut mieux s'arrêter là.»
Le père a hoché la tête. Grégoire a tendu la main et le garçon lui a tendu son iPad, qu'il a rangé dans le coffre au-dessus des sièges. Puis le garçon et son père ont éteint leur portable. Je leur ai fait un sourire. Ils ne m'ont pas répondu.
– Ignore-les, a conseillé Diane. Les gens comme eux se retournent toujours contre les autres parce qu'ils doivent déplacer leur colère sur quelque chose.
– Préparez-vous pour le décollage, a annoncé la voix dans les haut-parleurs.
– C'est parti! ai-je dit à Diane.
L'avion s'est ensuite arrêté. Il était complètement immobile. Quelques instants plus tard, j'ai entendu un énorme bruit de chaque côté de l'appareil. Un énorme rugissement des moteurs! Puis nous avons foncé sur une longue bande de bitume! On allait tellement vite! J'ai cru qu'on allait sortir de la piste, et, au même moment, hop! l'avant de l'avion s'est soulevé, et on s'est envolés! Droit vers le ciel! Le sol en dessous de nous a soudain semblé très loin. Et tout à coup, hop! on était au-dessus de Paris. Je voyais le fleuve, et la tour Eiffel, non loin de notre ancien appartement, dans le 15e. Je voyais

les jardins où Aube et moi nous allons quand je la retrouve à Sésame. Nous avons ensuite foncé dans les nuages et l'avion a continué de monter, toujours plus haut, tandis que, en dessous de nous, le monde disparaissait. Puis l'avion s'est remis à l'horizontale et nous avons volé au-dessus d'un magnifique tapis de nuages !

– Waouh ! me suis-je exclamée. C'était génial ! Mon premier décollage vers le ciel. Et maintenant, je vais regarder un film.
– Moi aussi, a dit Diane. Mais nous lirons aussi, pendant le vol.

On était au-dessus de Paris.

Diane est très gentille avec moi mais, comme Josiane, elle n'oublie jamais son rôle de professeure. Elle s'assure que je fasse mes devoirs, que je ne passe pas mon temps sur l'écran de ma tablette et que je lise au moins une heure par jour. Diane adore les livres. Les vrais livres en papier ! Elle m'a raconté que son petit studio, à Fontenay, est rempli de livres.
– C'est ce que je préfère collectionner. Si tu achètes des livres de poche ou que tu vas dans des boutiques de livres d'occasion, ils ne sont pas chers. Mais surtout, la collection de livres devient ta meilleure amie.
– Comment ça ?
– Les livres te tiennent compagnie. Ils te font voyager dans toutes sortes d'endroits, de pays, de mondes. Et quand tu as un problème ou que tu es triste, les livres te rappellent que tu n'es pas seule.
Grâce à Diane, je lis un livre par semaine. Pap' m'a fait faire une carte de bibliothèque, l'année dernière, à Paris, et Maman aussi, pour la bibliothèque de Fontenay. Pap' me conseille souvent des livres, et il adore quand je vais emprunter un livre qu'il m'a recommandé (surtout qu'Émilie ne lit que les livres obligatoires pour l'école). Juste avant notre voyage à New York, il m'a dit qu'un ami écrivain lui avait parlé d'un roman que son fils de dix ans était en train de lire et qu'il trouvait terrifiant. *Un voisin étrange*, de Florian Dennison. Ça raconte l'histoire d'un garçon de neuf ans qui est en vacances avec

ses parents et qui erre dans une maison effrayante. Moi aussi j'ai été dans une maison comme ça, lors de mes dernières aventures, quand Aube et moi nous avons découvert le secret des horribles oncle et tante de ma camarade de classe Anaïs. Alors j'ai eu très envie de lire ce livre : il est à côté de mon lit depuis quatre jours, mais j'ai lu d'autres choses, le soir, pour garder celui-ci pour le voyage en avion.

J'ai donc commencé ma lecture après le film. J'ai été aussitôt happée. Grégoire est venu nous apporter des jus de fruits et de l'eau, puis le repas. J'ai continué à lire : l'histoire faisait vraiment peur ! J'ai posé le livre pour finir mon déjeuner. Puis je l'ai repris en tournant les pages à toute vitesse. De temps en temps, je jetais un coup d'œil sur l'itinéraire affiché sur l'écran, devant moi. Je regardais par le hublot. Le tapis de nuages blanc était toujours là. Alors qu'il nous restait encore cinq heures avant d'arriver à New York, je me suis soudain sentie très fatiguée. Diane, qui lisait à côté de moi, a vu que je commençais à m'endormir. Elle m'a suggéré d'incliner mon siège, elle a demandé à Grégoire un oreiller et une couverture et m'a dit que je devrais peut-être faire une petite sieste.

– Mais si je fais ça, je vais rater mon premier vol ! ai-je protesté.

– Tout ce que tu vas rater, c'est de pouvoir regarder plein de films et de voir les gens assis devant toi. On a souvent envie de dormir et on finit par s'ennuyer, sur les longs vols. Mais la bonne nouvelle, c'est que si tu dors un peu maintenant, tu ne seras pas fatiguée en arrivant à New York. Et l'autre bonne nouvelle : même si le vol dure presque huit heures, une fois là-bas, six de ces heures nous seront rendues.

– C'est incroyable ! Mais je ne comprends pas… Qui nous rend ces heures ? Le père Noël ?

– Ha ha, bien tenté, Aurore ! Nous récupérons ces heures parce que nous changeons de fuseau horaire.

Elle m'a montré la carte, sur l'écran, et m'a expliqué pourquoi l'heure change souvent quand on voyage : à cause du soleil qui se lève et se couche à des moments différents sur la planète. C'est pour ça qu'il y aura six heures de moins quand on atterrira à New York.

– Quand on arrivera là-bas, il sera 18 h 30 à Paris, presque l'heure du dîner, a-t-elle dit. Mais à New York il sera 12 h 30, presque l'heure du déjeuner. Nous aurons tout l'après-midi et la soirée devant nous. Et comme ton papa et ta sœur atterrissent cinq heures après nous, nous pourrons dîner tous ensemble à New York ! Donc, maintenant, fais une sieste !

Je me suis roulée en boule sur mon siège, en tirant la couverture sur moi. J'ai fermé les yeux. Diane peut parfois être un peu plus autoritaire que Josiane, mais elle le fait toujours pour m'apprendre quelque chose ou parce qu'elle a plus d'expérience, comme le fait de savoir qu'il faut faire une sieste avant d'atterrir à New York et qu'on récupère six heures !

Alors j'ai dormi, dormi, dormi. Puis j'ai entendu l'annonce dans les haut-parleurs, disant qu'on était à vingt minutes de New York. Je me suis réveillée d'un coup. Diane aussi. Elle s'était également endormie sur son siège. Nous sommes allées aux toilettes – Grégoire nous a dit de nous dépêcher –, avant d'avaler un café (pour Diane) et un chocolat (pour moi), tandis que nous survolions une immense plage et des dizaines de maisons serrées les unes contre les autres. Nous avons ensuite attaché nos ceintures et commencé à descendre.

On se rapprochait de plus en plus de l'eau. On avait même l'impression qu'on allait plonger dedans ! Mais je me suis dit que les pilotes n'avaient pas envie que ça se produise ! Et j'avais raison : nous sommes arrivés au-dessus d'une piste. Après être descendus encore plus bas, hop ! nos roues ont touché le sol. Et au loin, j'ai vu pour la première fois ce spectacle incroyable : les gigantesques immeubles de New York !

– On dirait un mur de grands châteaux ! ai-je dit.
– Et tu verras, quand on sera au milieu de tout ça, à quel point c'est fou !
– Je n'arrive pas à croire que je suis à New York.
Soudain, j'ai entendu un « ding » sur ma tablette. J'étais là depuis à peine une minute et j'avais déjà un message. J'ai touché l'écran. Ma tablette s'est éclairée. Je suis allée dans « Messages ». J'en avais un de Pap'. Il avait envoyé le même sur le téléphone de Diane.

> Mauvaise nouvelle. En arrivant à l'aéroport, on a appris que notre vol était annulé. Une grève surprise qui a commencé à midi et va durer demain toute la journée. Nous n'arriverons donc que dans deux jours. On se parle quand vous êtes arrivées. Désolé pour ça. Pas de solution.

J'ai levé les yeux de ma tablette, effondrée. Pap' et Émilie ne seraient pas avec nous ce soir ! J'ai regardé Diane. Elle lisait le message de Pap' sur son téléphone. Elle a vu que j'étais inquiète. Elle a haussé les épaules et m'a dit en souriant :
– Bienvenue à New York !

Une longue file de personnes attendaient dans la vaste salle où la police contrôlait les passeports. Il y avait partout des grands drapeaux des États-Unis ; ils ont les mêmes couleurs que le drapeau français ! De nombreux panneaux indiquaient aux arrivants le règlement pour entrer dans le pays. À côté de la cabine où les policiers examinaient les passeports, il y avait une immense photo d'un homme au visage sévère, quelqu'un qui avait l'air de juger les autres mais qui n'aimait pas qu'on le juge.

– Qui est-ce ? ai-je demandé à Diane en montrant la photo.

– Le président des États-Unis.

– Il ressemble au méchant dans les films de super-héros que ma sœur regarde.

Diane a éclaté de rire, puis elle a chuchoté :

– Ne le dis pas au policier quand il vérifiera nos passeports ! Il risquerait de ne pas nous laisser entrer !

– Suivant !

C'était la voix du policier dans la cabine. Nous nous sommes avancées vers lui. Il portait un uniforme bleu,

il avait un grand menton et de la sueur sur le front. Il nous a regardées et a froncé les sourcils.
– Passeports…
Diane lui a tendu les nôtres.
– Français, hein ? a-t-il dit.
Nous avons toutes les deux hoché la tête.
– Et que venez-vous faire aux États-Unis ?
– Donner une conférence à l'université.
– Vraiment ? a-t-il répondu d'un ton peu convaincu. Toutes les deux ?
Nous avons de nouveau acquiescé.
– Vous allez parler de quoi ? a-t-il demandé.
– De notre autisme, a dit Diane.
À cette réponse, le policier a pincé les lèvres.
– Vous voyagez avec quelqu'un ? a-t-il questionné.
– Juste nous deux, a répondu Diane.
– C'est prudent ?
– Tout va bien, a confirmé Diane.
– Ils vous payent, pour la conférence ?
– Non, parce que ça voudrait dire qu'on travaillerait. Or nous n'avons pas le droit, n'est-ce pas ?
– Ta sœur est une fine mouche, m'a fait remarquer le policier.
– Une fine quoi ? ai-je interrogé.
– Mouche ! Mais pourquoi tu me parles avec cette tablette ?
– Je ne sais pas parler autrement.

Je
ne
sais
pas
parler
autrement.

– À cause de ton autisme?
– Exactement. Et ça n'est pas ma sœur mais ma professeure.
– Pourquoi tu mets ta tablette tout près de moi?
– Parce qu'elle traduit ce que vous me dites!
Pap' m'a aidée à installer ça avant mon départ : une application qui traduit et écrit en français tout ce qu'on me dit et en anglais tout ce que j'écris en français. Il y a aussi une voix, sur ma tablette, qui me dit la traduction, et Pap' m'a donné un écouteur sans fil que je garde dans l'oreille pour entendre la traduction en direct. Grâce à cette application, je pourrai communiquer avec les gens qui ne parlent pas français!
– Vous restez combien de temps à New York? a demandé le policier.
– Seulement quatre jours, a répondu Diane.
Il a passé nos passeports dans une machine, regardé son écran, puis il a mis un tampon sur une page à l'intérieur de nos passeports.
– Surveillez bien votre petite élève, a-t-il dit à Diane en les lui rendant. Même si je parie qu'elle est tout à fait capable de se prendre en charge toute seule.
Il m'a ensuite fait un vrai sourire!
– Tu parles bien anglais, ai-je dit à Diane pendant qu'on attendait les bagages.
– C'est parce que j'ai passé un an à New York, après l'université, comme je te l'ai dit.

– Pourquoi tu y étais allée ?
– J'avais rencontré une Américaine. J'étais tombée amoureuse. Elle étudiait ici. Je voulais être avec elle. J'ai eu un visa pour un an. J'ai travaillé dans un bar. J'ai essayé d'écrire un roman. C'était mauvais. Au bout de neuf mois, la fille m'a dit qu'elle n'avait plus envie d'être avec moi.
– C'est dommage..., ai-je dit.
J'ai posé une main sur son épaule. Je l'ai sentie se crisper. Elle s'est écartée.
– C'est la vie, a-t-elle dit. Mais... merci.
– Cette fille est toujours à New York ?
Diane a hoché la tête.
– Qu'est-ce qu'elle fait ?
Elle a baissé les yeux et évité mon regard.
– Elle enseigne à l'université Columbia.
Ding !
Un texto venait d'arriver sur ma tablette. Il était de Pap'.

Coucou, Aurore ! J'espère que tu as eu mon premier message. C'est vraiment une histoire de dingues et très désagréable. Une grève de dernière minute de l'équipage de la compagnie aérienne. J'ai demandé à ce qu'on nous mette sur un autre vol mais nos billets ne sont valables que pour cette compagnie. La bonne nouvelle, c'est qu'ils nous proposent de rester deux jours de plus à New York en payant les deux nuits d'hôtel supplémentaires. La mauvaise nouvelle, c'est qu'on ne peut pas venir avant deux jours. J'espère que tu n'es pas trop déçue ! Dis à Diane que je l'appellerai très bientôt. Mais je voulais d'abord te parler et te dire à quel point je suis malheureux de ne pas être avec toi en ce moment ! J'espère que tu n'es pas trop inquiète.

J'ai répondu à Pap' :

Je suis surtout déçue pour toi et Émilie. Mais Diane connaît New York et je suis sûre que tout va bien se passer. Je vais écrire à Maman pour la rassurer et lui dire que tout va bien.

Message de Pap' :

Maman est évidemment très angoissée. Elle appellera Diane avec moi tout à l'heure, et elle va t'écrire très vite.

J'ai écrit :

Je lui envoie tout de suite un message !

Nos valises sont arrivées. Nous les avons fait rouler vers des cabines où nous attendaient d'autres policiers. L'un d'eux a arrêté Diane et lui a demandé si elle avait du tabac ou de l'alcool sur elle.

– Je ne fume pas et je ne bois pas, a-t-elle répondu.
Puis elle a ajouté en me montrant du doigt :
– Ma jeune amie non plus, d'ailleurs.
Le policier a froncé les sourcils, prêt à répliquer sévèrement, mais j'ai vite écrit sur ma tablette :
– Ma professeure aime bien dire des blagues ! Il ne faut pas la prendre au sérieux. Mais elle a raison : je ne bois pas et je suis contre les cigarettes.
Le policier avait l'air un peu perdu, tout à coup. Il a fini par secouer la tête en disant :
– D'accord. C'est très rassurant. Maintenant, filez, toutes les deux !
Sa voix n'était pas fâchée, plutôt amusée. Et très forte. Comme celle du policier qui avait vérifié nos passeports. Comme...
– Hé, les filles... Ouais, vous deux ! Vous êtes les Françaises, c'est ça ?
Un homme était devant nous, pas très grand, avec un gros ventre et une casquette de base-ball avec écrit NY en grand. Il portait des lunettes de soleil comme celles des pilotes dans les films et il avait un cure-dents au coin de la bouche.
– Vous êtes notre chauffeur envoyé par l'université ? a demandé Diane.
– C'est ça, mon chou, a-t-il répondu. Moi, c'est Sal.
– Je suis Diane, et voici Aurore. Et je ne suis pas votre chou, au fait.

moi, c'est Sal.

– Désolé, mon chou, c'est juste une façon de parler, si vous voyez ce que je veux dire. Je ne voulais pas manquer de respect.
– C'est compris, a dit Diane, d'un ton qui indiquait qu'elle était encore un peu fâchée contre lui.
J'ai levé ma tablette et dit :
– J'aime bien votre façon de parler, Sal ! Ça fait très New York !
Il m'a fait un grand sourire.
– Et toi, c'est cool ta manière de parler, Aurore. C'est ta première fois à New York ?
J'ai hoché la tête.
– Faudra que je vous montre tous les endroits importants, alors. J'ai deux filles, tu sais. Marge et Mary. Les deux M. Quatorze et onze ans.
– Comme ma sœur Émilie et moi.
Ding !
Message sur mon téléphone. De Maman.
– Je dois répondre, ai-je dit.
– Deux minutes et je ramène la voiture ici. Vous pouvez attendre dehors, les filles ?
– Seulement si vous arrêtez de nous appeler « les filles », a répondu Diane.
– C'est juste sa façon de parler, ai-je observé.
– Tu as pigé, Aurore ! a lancé Sal.
Ding !
– Parle avec ta mère, m'a dit Diane.

Puis elle a ajouté, en s'adressant à Sal :
– Oui, nous, « les filles », nous vous attendrons dehors.
Nous avons passé les portes coulissantes en tirant nos petites valises à roulettes. Dès que nous sommes sorties... waouh ! Le bruit et la chaleur m'ont presque mise K.-O. Je n'avais jamais senti une chaleur pareille : il faisait non seulement chaud, mais aussi lourd et humide. Comme si on avait été jetées dans une grande cuve de sucre fondu. Et même là, à côté de l'aéroport, les voitures et les taxis n'arrêtaient pas de klaxonner et les gens criaient par-dessus ce vacarme. J'ai tout de suite adoré !
Ding ! Ding ! Encore Maman.

Mon Aurore chérie, je m'inquiète tellement de vous savoir toutes seules, toi et Diane, dans cette grande ville compliquée. Vous feriez mieux de rester dans votre hôtel en attendant l'arrivée de Pap' et Émilie.

Deux jours enfermées dans une chambre d'hôtel au lieu de visiter et explorer New York qui nous attendait dehors ? Pas question !
J'ai répondu :

Chère Maman, Diane a vécu à New York pendant un an. Ne t'inquiète pas ! Nous serons très prudentes !

À peine le message était-il parti que Sal est arrivé au volant d'une grande voiture noire.

– Je mets vos bagages dans le coffre, mesdames, a-t-il déclaré en jetant les valises à l'arrière.

Diane a fait une grimace. Mais son téléphone s'est mis à sonner au même moment. Elle a regardé l'écran.

– C'est ta mère, a-t-elle annoncé. On doit lui répondre.

– Allez-y, je m'occupe du reste, a dit Sal en ouvrant les portières arrière.

– Je peux m'asseoir devant avec vous ? ai-je demandé.

– Mais ta sœur ne va pas... ?

– Ma professeure, ai-je expliqué.

– Ah OK. Me disais aussi que vous aviez pas l'air de sœurs. Tu devrais lui demander si elle veut bien.

Je me suis tournée vers Diane.

– Je peux m'asseoir à côté de Sal pour discuter avec lui pendant que tu parles à Maman ?

– Mais comment il va faire pour à la fois conduire et lire ce que tu lui écriras sur ta tablette ? a questionné Diane.

– Si elle lève bien sa tablette je pourrai lire.

– Ça me semble dangereux, a dit Diane en montant à l'arrière tout en répondant à l'appel.

Sal m'a regardée et il a lancé :

– Comme on dit : « C'est le pot de terre contre le pot de fer. » Autrement dit : on ne discute pas avec la prof.

Je me suis donc glissée sur la banquette arrière à côté de Diane. Sal a fermé nos portières et fait le tour de la voiture avant de s'installer au volant. Après avoir allumé le contact, il a mis le clignotant pour indiquer qu'il rejoignait la file de voitures. Au même instant, un taxi jaune l'a doublé à toute allure. Sal a freiné brusquement et crié par la vitre :

– Fais gaffe, abruti ! J'ai de la marchandise de valeur là-dedans !

Diane, surprise par le coup de frein, a eu un petit hoquet. J'ai entendu Maman au téléphone s'exclamer d'un ton très inquiet :

– Mais qu'est-ce qui s'est passé, là ?

– Rien, rien !

– Alors pourquoi cet homme a crié ?

– C'est New York, a répondu Diane, gênée de ne pas lui dire la vérité.

Elle ne voulait visiblement pas inquiéter davantage Maman : elle l'était déjà suffisamment comme ça !

– C'est pour ça que je ne veux pas que vous vous promeniez toutes les deux dans la ville, ai-je entendu Maman dire à Diane. C'est dangereux.

– Ne craignez rien, madame. Je connais très bien New York et nous nous tiendrons à l'écart du danger.

– Mais le danger peut venir à vous ! a répliqué Maman.

Sal s'est engagé dans la circulation en toute sécurité. Maman et Diane ont continué à parler. Sal m'a dit :

– La circulation est pas trop mauvaise pour l'instant. Je peux pas croire que c'est ta première fois dans la Grosse Pomme !

Je n'ai pas pu lui poser la question que je voulais. J'ai alors décidé de faire ce que je n'avais pas forcément prévu, car cela supposait de parler – pas moi, mais ma tablette. J'ai activé un paramètre dans l'application pour autoriser ma tablette à dire ce que j'écrivais. J'ai écrit ma phrase en français et l'application l'a traduite en anglais sur l'écran… et elle a aussi *dit* la phrase !

– C'est quoi, la Grosse Pomme ? a demandé la voix de ma tablette (je l'avais choisie parmi une liste avec différents accents).

– Hé, mais tu peux parler ! s'est exclamé Sal.

– Ça n'est pas moi, ai-je dit avec ma tablette. C'est la voix sur ma tablette.

– Mais si tu es française, pourquoi tu parles en anglais ? a demandé Sal en éclatant de rire.

– Parce que je suis à New York !

J'ai entendu Diane, à côté de moi, dire à Maman qu'elle coupait le micro un instant. Elle a appuyé sur la touche « Silence » et m'a demandé :

– Pourquoi tu as activé la voix sur ta tablette ?

J'ai désactivé la voix, remis le français, et j'ai montré ma tablette, où j'avais écrit :

– Pour pouvoir discuter avec Sal pendant qu'il conduit.

– Tu ne devrais pas l'utiliser ! Cette voix est trop bizarre, et ça n'est pas ta manière de communiquer.
– Je sais. Mais comment je peux faire, sinon, pour parler avec lui pendant qu'il conduit ?
Diane m'a regardée d'un air sévère. Je l'ai vue penser : « Elle me trouve très autoritaire. Et je sais que Josiane lui manque chaque fois que je suis comme ça. Mais elle doit passer à l'étape supérieure. En plus, je suis sûre qu'elle lit dans mes pensées en ce moment. »
Tout comme je savais qu'elle devinait les miennes.
– Est-ce que je peux parler avec Sal avec la voix, s'il te plaît ? ai-je demandé.
– OK, mais juste pour cette fois.
Elle a appuyé de nouveau sur la touche « Silence » et a recommencé à parler avec Maman.
– Alors, si j'ai bien tout pigé…, a dit Sal, toutes les deux, vous parlez en français. Mais toi, Aurore, tu ne peux t'exprimer qu'avec une tablette. Et quand c'est avec moi, tu parles en anglais ?
Je lui ai expliqué que j'utilisais une application pour passer du français à l'anglais et que j'avais ensuite choisi une voix.
– Qui ressemble à la tienne ?
– Je n'ai pas de voix.
– Donc, si je pige bien ça aussi, tu peux parler avec ta tablette mais pas avec ta gorge ?
– C'est ça.

Je l'ai alors vu penser :
« Je crois que j'ai compris. Mais je ne vais pas poser plus de questions à cette gamine pour ne pas être indiscret. Ou avoir l'air d'être compatissant, ce qui n'est clairement pas ce qu'elle attend. Elle est “normale” comme ça, et je trouve ça bien. »
Sal était vraiment super ! Encore plus quand il m'a dit :
– Tu ne peux peut-être pas parler comme tout le monde, Aurore, mais tu as une voix, ça c'est sûr. Et je peux te dire qu'on va être copains, toi et moi !
– Je pense aussi ! Vous croyez que je pourrai rencontrer vos filles ?
– Bien sûr... Mais il faudra qu'on s'organise. Parce que leur mère et moi, on s'est séparés l'année dernière, et elle s'est installée avec les enfants à Philadelphie.
– C'est quoi ?

– Une ville qui se trouve à deux heures de route de New York. Je ne vois mes filles qu'un week-end sur deux.
– Elles doivent beaucoup vous manquer.

– Tout le temps, a répondu Sal.
– Moi aussi je voyais mon papa seulement un week-end sur deux. Puis Maman et Pap' sont retombés amoureux l'un de l'autre et Pap' est revenu habiter avec nous !
J'ai vu Sal devenir encore plus triste.

– Ça risque pas de nous arriver, à nous. Elle a rencontré quelqu'un d'autre. C'est pour ça qu'elle est partie à Philadelphie. Pour ce type.
– Vous rencontrerez peut-être quelqu'un, vous aussi!
Le visage de Sal s'est crispé. Je l'ai vu penser :
« Si je pleure devant cette gamine, je vais avoir l'air vraiment mal… Ce qui est le cas. »
Avant que j'aie eu le temps de dire quelque chose, j'ai entendu Diane conclure son appel avec ces mots :
– Oui, madame… Oui, je vous promets qu'Aurore sera au lit tous les soirs avant 21 heures… Oui, je vous assure qu'on ne prendra pas le métro quand il fait nuit… Oui, je veillerai à ce qu'Aurore vous envoie régulièrement des messages, même si je pense qu'elle le fait d'elle-même. Oui, oui… on se reparle plus tard, madame.
Elle a ensuite raccroché.
– Elle veut que tu te couches tôt. Mais on est à New York. Et tu sais comment on appelle New York? La ville qui ne dort jamais.
– Tu veux dire que personne ne se couche jamais, ici? ai-je demandé.
Diane a éclaté de rire.
– Tout le monde a besoin de dormir, même les New Yorkais! Mais c'est une ville qui vit toute la nuit. Tu peux trouver un café ou un restaurant ouvert à 4 heures du matin. Tu peux aller voir un film au milieu de la

nuit. Tu peux écouter un concert de jazz jusqu'au lever du soleil.

J'ai pensé : « Pap' va adorer ça ! »

– Si on sort tard, est-ce qu'on peut faire la grasse matinée le lendemain ? ai-je demandé.

– Bien sûr, a répondu Diane. Mais pas trop longtemps : on ne reste que quatre jours à New York. Et on pourra dormir quand on reviendra à Fontenay-sous-Bois-l'endormie.

– J'adore Fontenay, ai-je dit.

– Moi aussi. Mais c'est quand même endormi !

– Hé, les filles ! a crié Sal. Désolé : mesdames... Désolé : Diane et Aurore ! Voilà, on y est ! Regardez devant !

Nous avons fait ce qu'il a dit. Et quand j'ai vu ce qu'il y avait devant moi, tout ce que j'ai réussi à dire (avec la voix de la tablette, pour que Sal puisse m'entendre), c'est :

– Waouh !

On était sur un pont. Pas un de ces petits ponts au-dessus de la Seine, à Paris ; un pont très haut. Et grand, et large, avec beaucoup de voitures dessus. Un pont qui nous menait vers les immeubles les plus hauts que j'aie vus de ma vie. Plus on se rapprochait d'eux et plus ils étaient grands. On avait l'impression qu'ils allaient nous engloutir. Mais je n'étais pas effrayée, juste stupéfaite. Quel endroit immense et magnifique !

– Je prends ce pont au moins quatre fois par semaine, a expliqué Sal. Et ça continue de me donner la chair de poule chaque fois que je vois ça.
– Peut-être qu'un jour je pourrai vivre ici ! ai-je dit à Sal en utilisant la voix.
– Mais tu vas y vivre pendant les quatre prochains jours ! a observé Sal.

Sal m'a raconté un tas de choses. Le temps d'arriver à l'hôtel, j'ai appris que New York était composé de cinq secteurs, appelés « arrondissements » : une île, Staten Island, sur laquelle on va en ferry ; deux arrondissements où on se rend en empruntant un pont ou un tunnel, Brooklyn et le Queens (et Sal venait du Queens) ; un arrondissement situé le plus au nord de la ville et qui s'appelle le Bronx ; et enfin l'arrondissement où se trouvent tous les grands immeubles, les théâtres, Central Park et l'université Columbia (où nous allions donner notre conférence !), et ça, c'était Manhattan !

Sal a ajouté que, comme je le découvrirais rapidement, Manhattan avait quelque chose de complètement fou.

– Hé, regarde où tu vas, crétin !

Sal venait de crier ça par la vitre à un type grand et mince comme une asperge, qui avait une veste de motard, des lunettes noires et un serpent tatoué sur le visage ! Il était descendu du trottoir alors que le feu était vert. Sans même se retourner, le type avec le tatouage de serpent lui a répondu en hurlant :

– C'est toi le crétin, abruti !

– J'adore le crotale sur ta tronche ! a répliqué Sal. C'est ton codétenu qui te l'a fait en prison ?

– Nan, c'est ta sœur !

Sal a rigolé, et il a foncé sur la grande avenue devant nous.

– J'adore cette ville complètement dingue, a-t-il commenté.

– Mais vous étiez en train de vous crier dessus ! ai-je dit.

– C'est ça, New York ! a répondu Sal. Tout le monde crie sur tout le monde.

– Surtout les types qui sont au volant ! a lancé Diane.

– C'est parce que les gens conduisent comme des imbéciles, ici, a expliqué Sal.

– C'est celui qui le dit qui…, a murmuré Diane.

– Je vous ai entendue ! s'est exclamé Sal. Hé, ça m'est égal si vous me prenez pour un imbécile. Mais c'est pas un truc sympa à dire…

– Moi je ne vous prends pas pour un imbécile ! l'ai-je rassuré avec la voix.

– C'est parce que tu es une fille gentille et intelligente ! Désolé : une jeune dame !

– Ce qui veut dire que vous pensez que je ne suis ni gentille ni intelligente, a poursuivi Diane.

– Oh ! si, je pense que vous êtes très intelligente.

– Vous ne pouvez pas plutôt conduire en silence ? a demandé Diane.
– Elle est toujours aussi peau de vache ? m'a demandé Sal.
– Regardez la route, a ordonné Diane.
– Bien, m'dame ! a répondu Sal en me faisant un grand sourire.
Nous étions sur une avenue qui s'appelle Broadway. Sal a expliqué qu'à Manhattan les rues étaient numérotées de 1 à 181 du sud au nord et qu'il y avait des avenues qui croisaient ces rues. Nous venions de traverser la 79ᵉ Rue en roulant sur Broadway, vers le nord.
– Nous allons vers le haut de la ville, on dit « uptown », a dit Sal. Le bas de la ville, « downtown », c'est au sud. Tout en bas, il y a Greenwich Village, Wall Street et Battery Park City.
– Je suis complètement perdue ! ai-je dit. Mais ça a l'air super ! On est où, là ?
– En haut de la ville, « Upper West Side », a dit Diane. On se dirige vers l'université Columbia.
– Elle est forte en géo, la petite ! a dit Sal.
– Je ne suis pas une petite ! a répliqué Diane.
– C'est vrai. Vous êtes une jeune femme qui n'a pas le sens de l'humour.
Quand les gens commencent à se disputer, c'est mieux de se concentrer sur autre chose. J'ai donc observé Broadway. Je voyais plein de magasins, c'était trop bien,

même si beaucoup d'entre eux avaient l'air d'être des pharmacies et des banques. J'aimais beaucoup les petits jardins au milieu de l'avenue, avec des bancs sur lesquels on pouvait s'asseoir et regarder le monde autour de soi. Sauf que, sur la plupart de ces bancs, il y avait des gens en train de dormir ! Comme à Paris. J'avais de la peine en pensant qu'ils n'avaient pas de maison ni de lit. Il y avait aussi plein de chiens promenés par des maîtres et j'adorais voir ça. Tout comme j'adorais les kiosques, dans la rue, avec des gens qui vendaient des livres et des vieux vêtements. Je trouvais très joyeux le concert permanent de klaxons, et très vivante la foule de gens qui sortaient du métro – on l'appelle le « *subway* », ici, m'a dit Sal – sur la 96e Rue. Je trouvais géniale la manière dont étaient numérotées les rues : c'était tellement facile à suivre ! Diane m'a appris, quand elle a eu fini de se disputer avec Sal, que notre hôtel était sur Broadway et West 112e Rue. Il s'appelle le Metropolitan. Diane m'a expliqué que l'université l'avait choisi pour nous, car il était juste à côté de Columbia.

– J'aime les hôtels ! me suis-je exclamée.

Quand j'avais entre six et neuf ans, chaque été, on allait dans un joli petit hôtel près de Toulon que Pap' avait déniché et que je trouvais super (il y avait une piscine et il était à deux rues de la plage). Maman, elle, s'en plaignait beaucoup : elle disait qu'il était déglingué et qu'il tombait en ruine. On a cessé d'y aller quand Pap'

Plein de chiens promenés par des maîtres

et Maman se sont séparés, et je me souviens que quand Pap' est revenu vivre avec nous, elle lui a dit :
– Tant qu'on ne retourne pas passer des vacances dans cet horrible hôtel, on sera très heureux !
Je me suis tournée vers Diane et je lui ai demandé :
– Qu'est-ce qu'on fera après s'être installées à l'hôtel ?
– On ira saluer la personne qui a organisé tout ça. Elle nous retrouve à l'hôtel. Et après... si tu veux, tu pourras faire une petite sieste.
– Mais j'ai dormi pendant tout le vol. J'ai envie de sortir voir la ville ! S'il te plaît !
– Moi ça me va. Mais ça ne dépendra pas que de moi.
– Comment s'appelle la personne qu'on va rencontrer ? ai-je voulu savoir.
J'ai alors vu Diane penser :
« Dois-je dire la vérité à Aurore ? »
Puis elle a dit :
– OK, je vais être franche avec toi. La femme qui va venir à l'hôtel pour nous saluer... La femme qui nous a invitées est, en fait, mon ex-petite amie.
– Tu ne m'as toujours pas dit son nom.
– Elaine. Tu crois sans doute, maintenant, que la seule raison pour laquelle je nous ai fait inviter ici, c'est pour voir mon ex-copine...
– Je m'en fiche de savoir comment et pourquoi tu nous as fait inviter. On est à New York ! Et je suis hyper heureuse ! Je vais remercier Elaine !

HOT L METROPOLE

Sal a ralenti. Il a roulé jusqu'à un immeuble en pierres grises qui aurait eu besoin d'un bon coup de neuf. Il y avait un auvent rouge déchiré et, au-dessus, une enseigne lumineuse où on pouvait lire :
HOT L METROPOLE
– Qui a décidé de vous installer ici ? a demandé Sal. Cet hôtel a l'air d'être un vrai taudis !
– Je suis sûre qu'il est très bien ! a répliqué Diane.
Sal s'est arrêté devant l'entrée principale, il a pris deux cartes de visite et nous en a tendu une à chacune.
– Si l'une de vous a besoin de moi, mon mail et mon numéro de téléphone sont au dos de la carte.
– Je ne pense pas que ce sera le cas, a dit Diane en regardant par la vitre.
Elle espérait visiblement qu'Elaine serait là pour nous accueillir et était déçue qu'il n'y ait personne.
– Moi je voudrais vous revoir ! ai-je dit. Et j'aimerais vraiment rencontrer vos filles.
– Elles seront contentes de te connaître, Aurore. Et vous aussi, Diane.
– Nous allons être très occupées, a répondu Diane en sortant de la voiture.
Elle m'a demandé d'aider Sal à sortir les valises et elle est entrée dans le hall de l'hôtel. Sal a haussé les épaules et il a dit :
– Je suis sûr que c'est une très bonne prof.

– Oui. Mais parfois elle est très dure. Surtout avec elle-même.
– Je connais ce genre de personne, a confié Sal en ouvrant la portière de mon côté. J'ai une sœur qui lui ressemble, mais comparée à elle, ta prof, c'est le père Noël!
La porte de l'hôtel s'est ouverte et Diane est sortie, l'air bouleversée ; des larmes coulaient sur ses joues. Elle tenait à la main une enveloppe et une lettre sur laquelle je voyais quelques lignes écrites.
– Où est Elaine? ai-je demandé.
– On parlera de ça après, a répondu Diane.
Elle s'est tournée vers Sal et a ajouté :
– Merci de nous avoir amenées ici et d'avoir supporté ma mauvaise humeur.
Sal a tendu le bras, prêt à poser sa main sur son épaule, comme mon Pap' quand il essaie de calmer Émilie quand elle est énervée. Mais il a pensé la même chose que moi : Diane pouvait mal le prendre, surtout qu'elle s'efforçait de retenir ses larmes. Il s'est donc ravisé et il a dit :
– J'espère que ce qui vous rend malheureuse vous rendra moins malheureuse.
– On va tout faire pour ça, a conclu Diane d'une voix étranglée.
Elle m'a ensuite tirée par la manche en insistant pour que je monte les marches.

– En tout cas, n'hésitez pas. Je prendrai même sur mon temps libre pour venir vous chercher et vous amener chez moi !

– C'est drôlement gentil de votre part, ai-je répondu avec la voix de la tablette.

– Bah, je suis un chouette gars ! Et j'adore me faire des nouveaux amis.

Quand on s'est dirigées vers la réception, Diane a dit :

– Je suis vraiment idiote d'avoir été si désagréable avec un type tellement gentil.

– C'est juste que tu passes un moment difficile. Sans doute parce que tu as eu des mauvaises nouvelles…

– Tu lis de nouveau dans mes pensées ? a-t-elle demandé.

– Qu'est-ce qui s'est passé ?

– Mon amie Elaine dit qu'elle ne peut pas me voir. Parce que sa nouvelle copine ne veut pas.

– Et Elaine est d'accord avec elle ?

– Elaine est toujours d'accord avec elle.

Le type à la réception avait de chouettes cheveux longs, des lunettes de soleil très noires, une chemise et une cravate couvertes de taches de nourriture. Il avait un badge avec son nom dessus : Jason. On aurait dit qu'il venait tout juste de se réveiller.

– Alors… donc… eh ben, bienvenue à l'hôtel Metropole. C'est, genre, la première fois que vous y venez ?

– Exactement, a répondu Diane. Vous nous avez réservé une jolie chambre ?

– Une jolie chambre ? a-t-il répété.
Il a eu un rire super bizarre, puis il a dit :
– Au Metropole, on n'a pas ça : une « jolie » chambre. Si on veut un truc « joli », on ne dort pas ici. Ici, c'est quand on veut un truc genre « grunge ».
– Nous n'avons pas choisi cet hôtel, a dit Diane. On l'a fait pour nous.
– Bah, celui qui a choisi ça pour vous a décidé de vous faire vivre la vraie expérience branchée du Metropole.
L'ascenseur pour monter jusqu'à notre chambre était très petit et sentait le chat. Le miroir était fendu et les parois couvertes de graffitis.
– Ça veut dire quoi, « grunge » ? ai-je demandé à Diane.
– Ça veut dire branché, et aussi démodé, mais genre cool... Alors qu'ici, d'après ce que je vois, c'est surtout sale et déglingué.
– Moi je trouve ça plutôt cool !
L'ascenseur s'est arrêté au septième étage avec une secousse brutale. Nous sommes sorties et nous avons suivi un couloir éclairé par deux ampoules nues qui pendaient au plafond. Derrière les portes fermées, j'ai entendu un son de rap super fort, un rire de femme encore plus bizarre que celui du dénommé Jason, à la réception, et un homme qui criait quelque chose qui ressemblait aux vers d'un poème... mais comme c'était en anglais, je ne comprenais pas ce qu'il disait, juste qu'il avait l'air aussi un peu fou et cool ! Diane a secoué

un truc genre « grunge ».

la tête, tandis qu'on approchait de la chambre 666. À notre clé était attaché un morceau de plastique sur lequel le numéro de la chambre avait été inscrit à la main. Il y avait une grosse bosse au milieu de la porte, de la taille d'une chaussure. Quand Diane a tourné la clé, la poignée a failli lui rester dans la main. La porte s'est finalement ouverte, avec un horrible grincement, et nous sommes entrées.

C'était une chambre assez petite, avec deux lits simples recouverts de dessus-de-lit à fleurs. Sur les murs, le papier peint, également à fleurs, était complètement décoloré, et arraché à certains endroits. Une fenêtre donnait sur une ruelle. Un rideau déchiré pendait devant la vitre, qui était tellement sale qu'on ne pouvait même pas voir au-dehors. Il y avait une commode avec des tiroirs, une table entre les deux lits, un unique fauteuil, dur et petit. La lampe accrochée au plafond ressemblait à celle du restaurant chinois dans le 13e où Pap' m'emmène et que Maman a toujours trouvé totalement démodé et ringard. J'ai ouvert la porte de la salle de bains : un lavabo et une douche minuscules et ébréchés, avec des robinets rouillés. Quand je suis revenue dans la chambre, Diane était assise sur un des lits, la tête entre les mains.

– Pourquoi elle nous a fait ça ? a-t-elle dit, comme si elle se parlait à elle-même.

– C'est vraiment très… grunge, je trouve, ai-je commenté.

– Elle se venge de moi.
– Tu parles d'Elaine ?
Diane a hoché la tête et elle a soupiré :
– Elle m'a dit qu'elle avait trouvé un super hôtel pour nous : « Tout petit et très cool ». Ton ami Sal avait raison : c'est un vrai taudis ! C'est sa façon à elle de me dire : « Je n'ai pas le moindre respect pour toi. Et si tu crois qu'on va se remettre ensemble… »
– Mais ça n'est pas elle qui nous a demandé de venir ici ?
– Si. Mais elle l'a fait uniquement parce que je n'arrêtais pas de lui parler de toi et de lui dire à quel point tu étais incroyable.
– Mais tu vas venir avec moi sur scène pour la conférence, n'est-ce pas ?
Diane a secoué la tête.
– Il y avait aussi ça, dans sa lettre… Après tout ce que je leur ai raconté sur toi, sur comment tu as appris à parler avec ta tablette et sur ton pouvoir magique, ses professeurs et elle ont décidé qu'il n'y aura que toi qui seras interviewée.
– Je ne t'ai jamais dit que j'avais un pouvoir magique ! me suis-je exclamée.
Si Pap' et ma sœur sont dans la salle et que les gens commencent à me poser des questions sur comment je peux lire derrière les yeux des gens…
– Je sais ! a dit Diane d'un air embêté. Mais Elaine m'avait dit que si je t'amenais ici…

Elle n'a pas fini sa phrase. Mais je voyais exactement ce qu'elle pensait :
« Maintenant elle va comprendre que si je lui ai proposé de venir parler à Columbia, c'était uniquement pour me faire payer le voyage à New York, et peut-être réussir à me remettre avec Elaine. Sauf qu'Elaine vient de me dire : "Je te verrai à la conférence, Aurore sera la seule à parler, et après... au revoir !" »
Diane a levé la tête vers moi, elle était toute pâle.
– Tu dois penser que je suis une horrible personne de m'être ainsi servie de toi.
– Tu sais ce que je pense ? ai-je répondu. Je pense que tu ne devrais plus jamais me poser de questions sur mon pouvoir magique et prévenir la personne qui va m'interviewer que je ne parlerai pas de ça.
– Promis. Et je suis vraiment désolée...
– On oublie tout ça. Je propose plutôt qu'on sorte de cette chambre et qu'on aille marcher dans les rues de New York !

je suis vraiment désolée.

La station de métro était souterraine. Elle était très sale et il y faisait vraiment chaud. Mais j'adorais voir tous les gens qui étaient là : un homme qui jouait un air mélancolique sur un saxophone et demandait aux passagers de lui donner un dollar ; une femme en tailleur, qui disait au téléphone : « Je ne suis pas idiote et tu n'es pas stupide, alors soyons un peu intelligents, maintenant ! » ; un couple, elle avec une jupe à fleurs et de chouettes lunettes rondes, lui avec une barbiche et un chapeau démodé comme en portait mon grand-père, tous les deux assis sur une banquette, en train de regarder leur téléphone, sans se parler. Et aussi le train qui arrivait le long du quai en rugissant, comme une fusée argentée (il était tout en acier). Dans le wagon, l'air conditionné était à fond. Après la chaleur étouffante de la station (et des rues au-dessus), j'ai trouvé cette fraîcheur très agréable, même si Diane craignait qu'on n'attrape froid.

– Tu es trop mignonne !

C'était une femme âgée, vêtue d'un boubou africain et d'un foulard, qui était assise en face de moi et me regardait discuter avec Diane en utilisant ma tablette. Je lui ai répondu par un sourire.

Elle s'est tournée vers un homme à côté d'elle, avec un grand chapeau noir et des mèches de cheveux tout entortillées, et elle lui a dit, malicieusement :
– Tu crois que cette petite fille est une alien qui vient d'une autre planète ?

L'homme, qui avait un livre noir entre les mains et répétait quelque chose en boucle, a ignoré sa question. Mais un grand type qui était à côté – la trentaine, portant un short et un tee-shirt sur lequel était marqué « Mickey Mouse était avec la police secrète » – lui a lancé :
– Vous ne voyez pas qu'il dit ses prières ?
– Si, je vois bien ! a répondu la femme. Je lui ai juste posé une question ! Et je vais aussi vous en poser une : vous êtes jaloux parce que Mickey s'est marié avec Minnie ?
Diane s'est mise à rire. Moi aussi. Le métro s'est arrêté avec un crissement strident. Diane s'est exclamée :
– On descend là !
À travers le wagon, la vieille femme m'a dit :
– Va faire le bien, petite fille merveilleuse !
– Je ne suis pas petite, ai-je répondu. Mais je suis d'accord pour faire le bien.
– N'écoute pas cette vieille folle, a dit l'homme avec le tee-shirt Mickey Mouse.
– Ferme-la, Big Boss ! lui a crié la femme en rigolant.
J'ai songé que les New-Yorkais parlaient vraiment beaucoup, contrairement à Paris, où personne ne s'adresse la parole dans le métro. Et ils se disent vraiment ce qu'ils pensent !
Quand les portes se sont ouvertes, l'homme avec un grand chapeau noir et le livre de prières a levé les yeux vers moi, il m'a souri et a prononcé un mot :
– Shalom.

Une fois sur le quai, j'ai demandé à Diane :

– Le mot que m'a dit cet homme, c'était quelle langue ?

– De l'hébreu. Ça veut dire « paix », mais on s'en sert pour dire beaucoup de choses : bonjour, au revoir, bonne chance, que tout se passe bien pour vous…

– Quel beau mot ! C'est formidable tout ce que j'apprends dans le métro New Yorkais ! On est où, là ?

– 42e Rue.

– Et il y a quoi, ici ?

– Tu verras !

Nous avons monté les marches. Dès que nous sommes arrivées dans la rue, j'ai vu, tout autour de moi, des lumières ! Des lumières éclatantes, partout ! Les théâtres et les cinémas étaient illuminés ! Les immeubles étaient couverts d'enseignes et d'écrans lumineux !

– Waouh ! me suis-je exclamée en contemplant ce spectacle avec émerveillement. C'est magique ! Où sommes-nous ?

– À Times Square ! Voilà Broadway : les plus grands spectacles passent ici ! Et le soir du Nouvel An, tout le monde vient là pour regarder une grande boule argentée qui descend le long de cet immeuble-là...

Elle a montré un bâtiment haut et étroit devant nous. La boule était là ! Mais comme nous étions en juin, elle n'allait pas descendre avant six mois.

– Je pourrais peut-être revenir pour le Nouvel An, un jour? ai-je dit.

– Si tu as envie de te retrouver au milieu de milliers de personnes, pourquoi pas? a commenté Diane. J'ai une surprise pour toi. Les théâtres de Broadway proposent tous un spectacle l'après-midi, le mercredi et le samedi ; on appelle ça une matinée. Demain, c'est mercredi. Grâce à une relation de l'époque où j'étais à Columbia – un ami écrivain qui s'appelle Josh et travaille dans les coulisses d'une des grandes comédies musicales –, j'ai eu des places pour la matinée de demain !

– C'est génial, Diane ! Merci beaucoup. Comment s'appelle la comédie musicale ?
– *J'ai épousé un zombie* !
– Ça fait peur…
– Pour être honnête, Josh m'a dit que c'était plutôt absurde. Peut-être même un peu stupide…
– C'est parfois drôle, quand c'est stupide. Ça sera ma première comédie musicale à Broadway ! Merci beaucoup d'avoir fait ça pour moi, Diane.
Nous avons marché le long de Broadway puis dans des rues étroites avec des vieux immeubles magnifiques qui, d'après Diane, avaient été construits dans les années 1920 et 1930.
– Ils ne sont pas aussi anciens que peuvent l'être les bâtiments en France. Comme la cathédrale Notre-Dame, qui date du XIIe siècle. Ou le château de Versailles, où le roi Louis XIV s'est installé en 1682. À cette époque-là, l'Amérique était encore un pays très jeune et sous le contrôle des Britanniques.
– Tu sais tellement de choses, Diane !
Nous sommes rapidement arrivées sur un large boulevard – Diane m'a dit que c'était la 5e Avenue. Il était rempli de grands magasins et d'immeubles neufs et anciens. Diane m'a expliqué que, à Noël, des décorations lumineuses incroyables brillaient sur toute l'avenue. Et que le plus grand sapin de Noël du monde se trouvait

dans un endroit appelé Rockefeller Center, que nous irions voir avant de partir. Mais pour l'instant…

Nous avons descendu la 5e Avenue et nous nous sommes retrouvées devant un bâtiment immense et magnifique ; on aurait dit un palais, sauf qu'il n'était pas tape-à-l'œil. Il était en pierres grises, avec deux énormes lions en pierre devant.

– Voici la bibliothèque publique de New York, a déclaré Diane. Il y a des millions et des millions de livres, à l'intérieur. Et les lions devant, à ton avis, ils sont là pour quoi ?

J'ai réfléchi un moment, puis j'ai dit :

– Les lions sont très intelligents. Ils défendent leur troupe, aussi. Donc ils sont peut-être là pour dire à tout le monde : les gens qui lisent sont aussi ceux qui réfléchissent et, ici, ils seront protégés.

– C'est exactement ça, Aurore. Surtout à notre époque, où beaucoup de gens pensent que quand on lit au lieu de regarder la télévision ou son téléphone, on réfléchit trop. Sauf que quand on réfléchit trop, on comprend que, souvent, chaque histoire a deux faces. Que ça n'est pas juste « Moi j'ai raison et tu as tort », ou vice versa.

– C'est peut-être pour ça qu'il y a deux lions devant la bibliothèque !

– Peut-être, en effet !

Nous avons continué à marcher le long de l'avenue, qui était traversée par des rues perpendiculaires à intervalles

La bibliothèque publique de New York !
Les lions sont très intelligents

réguliers. Diane m'a appris qu'à New York les pâtés de maisons s'appelaient des « blocks ». Nous avons ensuite croisé une rue très large. Diane m'a demandé de regarder en haut. J'ai levé les yeux et vu... l'Empire State Building !

– Il est gigantesque ! me suis-je exclamée. Mais où est King Kong ?

Diane a éclaté de rire.

– Je ne crois pas qu'on le trouvera là-haut.

– On va monter tout en haut ? ai-je demandé, tout excitée.

J'étais aussi un peu inquiète, en voyant la longue queue devant l'entrée. On allait devoir attendre des heures pour entrer, et donc perdre un temps précieux, alors que nous avions tant de choses à voir à New York. J'avais pourtant très envie d'aller tout en haut de l'Empire State Building ! Diane a lu dans mes pensées et elle m'a dit :

– Bien sûr qu'on va aller tout en haut ! Mais n'aie pas peur : on ne va pas passer deux heures à attendre. Une autre de mes connaissances – une actrice qui travaille aussi à l'Empire State Building pour payer son loyer – m'a eu des billets coupe-file qui permettent de ne pas faire la queue. En plus, ils étaient gratuits !

– Tu as beaucoup de supers amis !

– Quand on travaille dans l'art, on doit s'entraider les uns les autres. Aucun de nous n'a beaucoup d'argent.

où est king KONG?

– Pourquoi les artistes doivent-ils toujours lutter pour vivre ?
– Parce que beaucoup de gens pensent que l'art n'est pas important. Et parce que des villes comme New York et Paris sont devenues tellement chères qu'il est très difficile d'y vivre, pour les artistes. C'est pour ça que mon amie Patricia travaille ici.
Diane a fait un signe de la main à une jeune femme de son âge qui avait les yeux maquillés comme un vampire – mascara et traits épais de crayon noir – et portait un genre d'uniforme de soldat, avec une casquette noire en forme de boîte sur la tête. Elle a fait un grand sourire en nous voyant.
– Je ne peux pas t'embrasser, a-t-elle dit à Diane. Les patrons n'aiment pas qu'on se mélange aux clients. Mais c'est super de te voir ! Et je suis ravie de rencontrer la célèbre Aurore !
– Je ne suis pas célèbre, ai-je protesté en utilisant la voix de la tablette.
– Ce n'est pas ce que j'ai entendu dire.
– Diane m'a expliqué que vous étiez une actrice, ai-je poursuivi.
– Oui. Et j'ai décroché un rôle dans une pièce dans un petit théâtre de Brooklyn. Je joue une femme qui n'a pas dormi depuis deux ans ! Elle s'est transformée en zombie !
– New York est rempli de zombies ! ai-je dit.

New York est rempli de zombies.

– Et pas seulement dans le théâtre !

Derrière elle se tenait un homme en costume avec, sur sa veste, un badge avec son nom. Il a toussé d'une certaine façon pour faire comprendre à Patricia d'arrêter de bavarder avec ses amis. Elle s'est crispée et a fait un hochement de tête à son patron, puis elle a montré une grande porte argentée devant nous :

– Voilà l'ascenseur qui monte directement tout en haut. Régale-toi avec la vue !

– Merci ! ai-je répondu.

L'ascenseur était bondé. Un homme en uniforme appuyait sur les boutons en expliquant que nous allions monter cent un étages ! Il a aussi précisé que ça prendrait moins de quatre-vingt-dix secondes pour aller tout en haut !

– Je suis une astronaute ! ai-je dit à Diane.

La porte s'est fermée. L'homme en uniforme a appuyé sur un bouton. Et là... zoum ! on a décollé d'un coup ! J'ai senti mes oreilles se boucher.

– On va sur la Lune ! me suis-je exclamée.

– Au sommet de New York, seulement ! a répondu Diane.

– C'est la Lune, pour moi !

Nous sommes montés de plus en plus haut. Et puis... zoum ! nous avons ralenti. La porte s'est ouverte. L'homme nous a lancé, avec un sourire :

– J'espère que vous n'avez pas le vertige !

On est sorties de l'ascenseur. On s'est retrouvées face au plus beau panorama que j'aie vu de ma vie : tout New York s'étalait devant nous ! Nous étions au sommet de la ville ! On regardait tout ça du haut de cent un étages. Nous avons fait le tour de la terrasse panoramique. Je pouvais voir tous les grands immeubles, les deux fleuves de chaque côté de Manhattan, les ponts, un immense parc qui s'étendait sur des kilomètres : Diane m'a dit que c'était Central Park et qu'il y avait un super zoo, que nous pourrions aller voir le lendemain. Arrivées au bout de la terrasse, nous avons regardé en bas et nous avons vu la statue de la Liberté !

– Le gouvernement français a donné cette statue en cadeau aux Américains, m'a expliqué Diane.

– Et les Américains nous ont aussi fait un cadeau ?

– Oui, ils nous ont aidés à nous libérer des nazis pendant la Seconde Guerre mondiale.
– Ça, c'est un sacré cadeau !
– La liberté est le plus grand cadeau qui soit.
Nous avons passé presque une heure au sommet de l'Empire State Building. Diane et moi étions les seules à ne pas prendre de photos. Pourtant, Maman m'avait dit de me servir de ma tablette pour prendre le plus de photos possible de New York. Mais, comme Diane, qui m'a avoué avant le départ qu'elle ne prenait jamais de photos, je pense que le meilleur appareil photo au monde, c'est celui qui est entre nos oreilles ! Pas besoin de pouvoir magique pour fermer les yeux et revoir dans sa tête toutes les choses magnifiques qu'on a regardées.
Pendant que les autres personnes levaient leur téléphone devant leur visage, Diane et moi nous avons contemplé ce spectacle et gravé chaque détail dans la grande librairie de notre cerveau !
– Il est presque 15 heures, a dit Diane. Si on veut sortir ce soir…
– Je veux sortir ce soir !
– Moi aussi. Mais d'après notre horloge biologique, il est presque 21 heures, à Paris.
– Mais je n'ai pas envie de faire de sieste, pour l'instant, ai-je dit. J'ai beaucoup dormi dans l'avion.
– Je m'étais dit la même chose, la dernière fois que j'étais ici. Moi aussi j'avais dormi pendant tout le vol. Et puis,

à 19 heures, heure de New York, bam ! je n'avais plus qu'une envie : me mettre au lit.

– Mais on est au milieu de l'après-midi et je commence seulement à découvrir la ville.

– Alors, voilà ce que je te propose. On peut aller tout en bas de la ville voir la statue de la Liberté, mais ça va nous prendre plus d'une heure à l'aller et au retour, entre le métro et le ferry. Sinon, si tu aimes les dinosaures...

– J'adore les dinosaures !

– Alors on devrait peut-être aller voir la plus belle collection de dinosaures du monde. Elle est au Muséum américain d'histoire naturelle, qui est aussi un des musées les plus incroyables du monde. En plus des dinosaures, j'ai une surprise pour toi là-bas !

– J'adore les surprises !

Nous sommes donc redescendues avec l'ascenseur et nous avons dit au revoir à l'Empire State Building. Nous avons ensuite suivi une rue très animée – la 34e Rue – et nous sommes passées devant un grand magasin qui s'appelle Macy's. Diane m'a dit que le père Noël se promène toujours dans le coin au moment de Noël, et qu'on y a tourné un film sur lui et ses elfes qui font des miracles sur la 34e Rue.

– Tu crois au père Noël ? m'a-t-elle demandé.

– Plus depuis mes sept ans. Ma sœur a fait quelque chose d'un peu méchant : elle m'a dit qu'il n'existait pas.

– Et qu'est-ce que ta maman et ton papa t'ont dit, à ce moment-là ?
– Maman m'a expliqué que quand on grandit, on ne pense plus au père Noël de la même manière, mais que pour l'instant, évidemment, je devais continuer à penser qu'il existait. Le problème, c'est que je savais que ma sœur avait raison. Donc le père Noël a cessé d'exister pour moi.
Nous avons pris le métro pour aller jusqu'à la 79e Rue et Central Park West.
– On va voir Central Park aujourd'hui ? ai-je demandé.
– Tu le verras au bout de la rue quand on sortira du métro. Mais on ira demain.
– On va aller au zoo ?
– Exactement. Mais la surprise que j'ai pour toi, aujourd'hui, c'est…
En sortant du métro, nous nous sommes retrouvées devant un énorme ensemble de bâtiments. Le Muséum d'histoire naturelle !
– Prête pour ta surprise ? a demandé Diane.
Elle m'a amenée devant l'entrée d'un bâtiment qui avait un toit très haut, en forme de tasse de thé renversée.
– Ça s'appelle un dôme, a expliqué Diane en montrant le toit. Sous ce dôme, nous serons à l'intérieur d'un planétarium, où nous pourrons voir toutes les planètes et les étoiles de notre galaxie.

J'ai fait ce que je ne fais que quand je suis super excitée et heureuse : j'ai sauté de joie. Je porte le nom de la déesse grecque qui fait que le soleil se lève tous les matins ! C'est aussi le nom d'un phénomène lumineux qui apparaît dans le ciel de l'Arctique, là où vivent les ours polaires. Et maintenant, j'allais voir tout ça !
J'ai serré Diane dans mes bras en lui disant que j'étais super heureuse.

– J'espère que tu vas aimer le spectacle sur les étoiles ! Il commence dans cinq minutes.

Une fois à l'intérieur, nous nous sommes assises dans un magnifique théâtre ancien, avec cet énorme dôme au-dessus de nos têtes. Il faisait déjà sombre dans la salle quand nous y sommes entrées. Le théâtre était plein. Les lumières se sont complètement éteintes. L'obscurité était totale. On nous a ensuite dit de mettre les écouteurs. Il y avait un petit écran devant chacun d'entre nous qui permettait d'écouter l'histoire dans différentes langues, dont le français ! J'ai mis les écouteurs. J'ai entendu une voix très grave me dire :

– L'espace… est infini.

On s'est alors mis à voyager dans l'espace bleu et vide. Sauf que, l'instant d'après, il n'était plus vide. Nous étions en train de passer en dessous de la Lune, puis au milieu de toutes les planètes du système solaire. Nous avons ensuite dépassé Pluton, qui, d'après la voix, n'est plus une planète. Nous nous sommes alors retrouvés loin au fond de l'espace. La voix m'a appris qu'il existait des millions et des millions d'étoiles au-delà de notre galaxie, et peut-être d'autres planètes avec d'autres formes de vie différentes de la nôtre. Mon imagination s'est aussitôt emballée ! Notre planète Terre n'était qu'un petit point dans un immense univers. Nous ne saurons sans doute jamais ce qu'il y a au-delà de notre système solaire... Ce que j'ai le plus aimé dans ce spectacle d'étoiles au-dessus de nos têtes, c'était le fait que les étoiles se trouvaient à des années et des années de nous, et que certaines étaient peut-être déjà éteintes mais que leur lumière continuait de briller ! Les étoiles éclairaient tout autour de nous.

Quand les lumières se sont rallumées, j'ai demandé à Diane :

– Est-ce qu'on peut rester pour revoir le spectacle ?

– On ratera alors les dinosaures. Et on doit vraiment faire cette sieste, aussi !

– Est-ce qu'on pourra revenir voir les étoiles avant de retourner en France ?

– On verra en fonction de notre programme. Maintenant, direction la salle des dinosaures. Ce musée est tellement grand que ça va nous prendre plus de dix minutes pour arriver jusqu'à eux. Alors dépêchons-nous !
Cela nous a pris seulement huit minutes, en vrai, parce que Diane et moi, nous marchons vite. Nous avons traversé des salles remplies de pierres et de minéraux incroyables, qui scintillaient dans l'obscurité. Puis nous sommes passées sous un autre dôme immense, sous lequel était exposée une fantastique collection d'oiseaux, des grands comme des petits (je me suis demandé si c'était des véritables oiseaux qu'on avait empaillés). Et puis, tout à coup, devant moi, montant la garde devant une grande entrée, le plus effrayant tyrannosaure que j'aie vu de ma vie. Avec ses immenses mâchoires, il n'aurait fait qu'une bouchée de Diane ou moi, c'est sûr ! Je me suis arrêtée net, pétrifiée. Diane m'a prise par l'épaule.
– N'aie pas peur, c'est juste son squelette. Il ne va pas t'attaquer !
– Mais il attaquait, avant.
– Il y a des millions d'années de ça.
– Où est-ce qu'on a retrouvé ses os ?
Tandis qu'on se dirigeait vers les brontosaures, on a croisé un garçon d'à peu près mon âge, mais un peu plus grand que Diane. Il portait un uniforme d'école : un blazer bordeaux, un pantalon gris, des chaussures noires,

une chemise blanche et une cravate bordeaux. Sur la poche de sa veste était cousu un écusson avec l'inscription : *Collegiate*. Sa cravate portait aussi l'emblème d'une école. Il avait des cheveux bruns et un regard triste, malgré un petit sourire timide. Diane lui a demandé :

– Sais-tu où ont été retrouvés les os des dinosaures?

Les yeux du garçon se sont illuminés.

– Dans Central Park.

– Vraiment? ai-je demandé avec la voix de ma tablette.

Le garçon a ouvert des yeux ronds comme des billes.

– Tu parles avec ta tablette ? C'est sensas !

– Sensas ? a répété Diane. C'est vraiment un mot à l'ancienne.

– Mon père l'utilise tout le temps, a répondu le garçon. Il dit aussi « mince » et « flûte » plutôt que des gros mots.

– Ton père doit être un homme très poli.

– Oh ! oui, a dit le garçon d'un air malheureux. Il aime être considéré comme l'homme le plus poli au monde, comme il me le répète régulièrement.

– C'est pour cela que tu es si poli ? a demandé Diane.

– Ça n'est pas l'avis de mon père, a répondu le garçon.

– Comment ça ? s'est étonnée Diane. Tu me sembles très poli, au contraire.

– Mon père ne le pense pas, tout simplement parce qu'il ne se préoccupe pas vraiment de moi.

– Et ta maman ? ai-je questionné.

– Maman n'est plus avec nous.

– Tu veux dire qu'elle n'habite plus avec ton papa et toi ?
– Je veux dire : elle a disparu, a dit le garçon, les yeux brillants de larmes.
J'ai tendu le bras et posé ma main sur son épaule.
– C'est vraiment très triste. Comment tu t'appelles ?
– Robert Bason III, mais tout le monde m'appelle Bobby.

Je nous ai présentées, Diane et moi.
– Donc vous êtes françaises ? a-t-il demandé.
– *Tout à fait !* a répondu Diane en français. *Parles-tu français ?*
Bobby a secoué la tête.
– Non. Mais quand Maman était encore avec nous, Papa et elle m'ont emmené à Paris, pour Noël. J'avais sept ans.

Nous y sommes allés avec ma nounou, Colette. En dehors des repas, je passais presque tout mon temps avec elle. Colette était française. Je me suis bien amusé, avec elle ! Mais je n'ai pas beaucoup appris le français. Nous étions dans un hôtel qui s'appelait le George V et qui était très agréable.

Diane a écarquillé les yeux.

– C'est un hôtel très célèbre ! s'est-elle exclamée.

– Papa ne va que dans les cinq étoiles.

J'ai regardé Diane avec un air interrogatif.

Elle m'a murmuré, en français :

– Des hôtels très chers !

Je me suis tournée vers Bobby et j'ai proposé :

– Tu veux voir la salle des dinosaures avec nous ?

– J'adorerais !

Ding ! Le téléphone de Diane lui a indiqué qu'elle avait reçu un message. Elle a regardé son écran et s'est immédiatement tendue. J'ai aussitôt compris que son amie Elaine lui avait écrit un SMS. Elle a eu un sourire crispé.

– J'ai juste besoin d'un petit instant, m'a-t-elle prévenue. Je dois passer un coup de fil. Et je veux aussi parler avec ta maman pour la rassurer et lui dire que tout va bien.

Elle a ensuite demandé à Bobby :

– Tu peux montrer les dinosaures à Aurore ? Je suis sûre que tu en sais beaucoup sur eux.

– C'est vrai ! a répondu Bobby.

– Super ! ai-je dit.

Puis je me suis tournée vers Diane :
– Va passer tes appels. J'espère que tout va bien avec ton amie. Et dis à Maman que je lui parlerai plus tard, avec ma tablette... mais que je ne vais jamais vouloir quitter New York !
– Je ne le lui dirai certainement pas, ça l'inquiéterait encore plus ! J'en ai pour un quart d'heure maximum. Amusez-vous bien. Et promettez-moi de ne pas quitter la salle des dinosaures !
– On promet ! j'ai répondu pour Bobby et moi.
Dès que Diane est partie vers le grand escalier, en dehors de la salle, Bobby m'a demandé :
– C'est ta grande sœur ?
– Ma professeure. Mais j'ai une sœur, à Paris. Émilie. Elle a quatorze ans. Tu as des frères et sœurs ?
– Que moi, a répondu Bobby.
Il a ensuite secoué la tête, comme pour chasser des pensées sombres. Et il a dit :
– Bon, je vais te raconter tout ce que je sais sur les brontosaures !
Nous nous sommes approchés d'un énorme squelette : un dinosaure avec un très gros corps mais un cou fin et long. Bien sûr, j'avais déjà vu des brontosaures dans les livres et les dessins animés, mais jamais devant moi. Il paraissait immense, mais aussi très gentil. Et Bobby connaissait vraiment beaucoup de choses à son sujet.

– Les brontosaures étaient végétariens, m'a-t-il expliqué. Ils ne mangeaient que des feuilles et des plantes, jamais d'autres dinosaures.
– Ça, c'est vraiment bien !
– Et comme la moitié inférieure de leur corps était massive, on a d'abord pensé qu'ils devaient vivre en partie dans l'eau pour soutenir leur poids. Quoi qu'il en soit, ils aimaient particulièrement rester dans les marécages, près d'arbres qu'ils pouvaient manger. Ils étaient toujours gentils avec les autres dinosaures. Et, comme tous les animaux à cette époque-là, ils avaient très peur du tyrannosaure. Il mangeait tous ceux qui croisaient son chemin. Mais, comme m'a dit un de mes professeurs, à l'école : dans chaque histoire, il y a un méchant !
– Mon Pap' m'a dit la même chose. Tu racontes drôlement bien les histoires !
– Ça n'est pas l'avis de mon père. Il trouve que mes histoires sont ennuyeuses.
– Il pense vraiment ça ?
Bobby a hoché la tête.
– Ça n'est pas très gentil, ai-je commenté.
– Papa a un côté très dur. Tout le monde le dit dans les journaux.
– On parle de ton père dans les journaux ? ai-je demandé.
– Oui. Il construit des immeubles et gagne beaucoup d'argent. Il est connu pour être un homme d'affaires coriace.

– Il a aussi l'air d'être un père coriace ! Pap' ne m'a jamais dit quelque chose de méchant. Et Maman aussi est très gentille, même si elle s'inquiète tout le temps.
– Tu as de la chance... Tu veux voir le Deinonychus ?
– Ça serait super ! Mais si tu veux continuer à me parler de ton père...
Bobby s'est dirigé vers le dinosaure suivant. Il s'est arrêté et s'est tourné vers moi.
– Tu peux garder un secret ? a-t-il demandé. Un très gros secret ?
– Bien sûr !
– Comme c'est un secret, et que nous ne sommes pas amis depuis longtemps, tu dois me promettre de ne raconter à personne ce que je vais te dire.
– Je te le promets !
Il est resté silencieux pendant quelques instants, les yeux baissés. Puis il m'a regardée et il m'a dit :
– Je viens de m'enfuir de chez moi.

- je viens de m'enfuir de chez moi.

J'ai dévisagé Bobby un moment, puis j'ai baissé le volume de ma tablette afin que la voix ne soit plus qu'un murmure.

– Tu t'es vraiment enfui de chez toi ?

Bobby a hoché la tête.

– Pourquoi ?

– C'est une longue histoire.

– Tu ne peux pas me la raconter en deux mots ?

Il a détourné le regard.

– Je crois que Papa se fiche pas mal que je sois parti.

– Ton papa ne peut pas être aussi dur !

– Sa nouvelle femme, si. Ils sont associés, et elle veut mon papa pour elle toute seule.

– Et lui, qu'en pense-t-il ?

– Il est d'accord avec tout ce qu'elle dit. Et quand j'ai essayé de lui expliquer qu'elle ne m'aimait pas, il m'a répondu que c'était moi qui faisais des histoires. Et qu'elle voulait seulement mon bien.

– Mais tu ne le crois pas?

À ce moment-là, Diane m'a fait signe à l'autre bout de la salle et elle a levé un doigt – sa façon à elle de me dire de la rejoindre dans une minute –, puis elle a montré le téléphone qu'elle avait à l'oreille et elle a articulé le mot « maman ». J'ai hoché la tête et j'ai dit à Bobby :

– Je dois parler à ma maman au téléphone, elle est en France. Mais si tu m'attends…

– Tu es à l'hôtel? m'a-t-il demandé.

– Oui, au Metropole.

– Je n'en ai jamais entendu parler.

– Il est… petit. Et tout en haut de Broadway.

– Mon papa construit aussi des hôtels, alors je connais tous les plus grands. Le tien m'a tout l'air d'un taudis.

– Et alors? Ça peut être cool, un taudis. Bon, il faut que j'aille parler à ma mère. Pendant ce temps-là, tu pourrais raconter à ma prof pourquoi tu es parti. Elle peut t'aider. Et moi aussi.

– Tu as un numéro de téléphone?

– Oui, mais il est connecté à ma tablette, et c'est un numéro français. De toute façon, je ne peux pas répondre aux appels, parce que je ne peux pas parler.

Bobby a sorti son téléphone.

– Pas grave. Vas-y.

J'ai écrit mon numéro sur ma tablette et je lui ai demandé :

– Tu m'enverras le tien?

– Bien sûr. Mais, s'il te plaît, ne raconte surtout pas à ta prof que j'ai fugué.
– Je ne suis pas douée pour mentir. Pourquoi ne veux-tu pas que je lui dise ?
– Parce qu'elle va me dénoncer à la police !
– Mais...
Je n'ai pas eu le temps de finir ma phrase, Diane était en train de crier :
– Ta maman veut te parler, Aurore ! Tout de suite !
J'ai cherché autour de moi un endroit pour m'asseoir, parce que je savais que ma conversation avec Maman allait durer un peu. Puis j'ai dit à Bobby de m'attendre, que j'allais revenir dans dix minutes, qu'il reste avec Diane.
– Dis bonjour à ta maman de ma part, m'a-t-il répondu d'un air triste.
Parce qu'il n'avait pas de maman.
J'ai rejoint Diane en vitesse.
– Oui, disait-elle au téléphone. Aurore est à côté de moi à présent, vous allez pouvoir échanger. Et ne vous inquiétez pas. Nous serons très prudentes. Aurore est aussi la prunelle de mes yeux, madame !
Elle a raccroché et elle m'a dit :
– Ta maman est encore plus stressée que la mienne !
– Diane, ai-je répondu, tu dois parler à ce garçon, Bobby, tout de suite. Il vient de me dire qu'il s'est enfui de chez lui !

Elle a écarquillé les yeux. Ma tablette a fait « ding » : Maman venait de débuter sa discussion avec moi.
– C'est très grave ! s'est exclamée Diane. Il t'a dit autre chose ?
– Seulement que son papa est très riche, qu'il construit des hôtels, qu'il n'a pas de maman et que sa belle-mère n'est pas très gentille.
– Pas étonnant que la police adore travailler avec toi, Aurore ! Tu découvres tellement de choses si vite !
Nouveau « ding » sur ma tablette.
– Réponds vite à ta maman. Je vais trouver Bobby et voir ce que je peux faire.
Elle est partie vers le brontosaure et j'ai commencé ma discussion avec Maman. Elle m'a demandé si l'hôtel était bien et elle s'est inquiétée quand je lui ai répondu qu'il était un peu démodé et bizarre. Elle a ensuite voulu savoir si j'étais fatiguée. Je lui ai dit que j'avais dormi dans l'avion et que nous allions faire une petite sieste juste avant de sortir ce soir...
– Je ne veux vraiment pas que tu sortes trop tard, Aurore.
– On ne traînera pas, Maman. Mais comme on n'a que quatre soirs ici...
– Je sais. Mais si tu ne dors pas assez...
Diane a surgi devant moi.
– Bobby t'a dit qu'il s'en allait ? m'a-t-elle interrogée.
J'ai prévenu Maman que j'allais la mettre en attente un instant, parce que Diane me posait une question.

– Non, je lui ai demandé de m'attendre et que tu viendrais lui parler, ai-je répondu.
– Mais quand je suis arrivée à côté du brontosaure, il n'était plus là !
– Il est peut-être aux toilettes.
– Ça doit être ça, a dit Diane. Je vais demander le chemin au gardien et je vais l'attendre devant la porte.
Elle est repartie en courant et je suis revenue à ma discussion avec Maman. Elle m'a raconté qu'Émilie était super contrariée par l'annulation du vol, qu'elle et Pap' n'arriveraient à New York que vendredi matin… Le matin de ma dernière journée. Je n'allais passer qu'une seule journée avec mon père et ma sœur dans cette ville magique ! Mais Maman a ajouté que Pap' essayait de changer mon billet afin que je reste plus longtemps, et qu'il avait déjà obtenu un lit de plus pour moi dans leur chambre d'hôtel !
Diane est revenue, accompagnée par un agent de sécurité en uniforme. Elle m'a fait signe de couper la discussion. J'ai hoché la tête et dit à Maman que nous devions rentrer à l'hôtel faire la petite sieste dont je lui avais parlé. Je lui ai promis de lui écrire le soir même, dès notre retour à l'hôtel… « Oui, Maman, pas trop tard, je te promets ! » J'ai ajouté : « Je t'aime, Maman », puis j'ai fermé la discussion. J'ai levé les yeux sur Diane et l'agent en uniforme.
– Tu n'as pas trouvé Bobby ? ai-je demandé à Diane.

– J'ai attendu plusieurs minutes devant les toilettes et, comme Bobby n'en sortait pas, je suis allée voir ce charmant monsieur. Je lui ai expliqué la situation et il est allé voir à l'intérieur, mais Bobby n'y était pas.
L'agent de sécurité était un homme âgé qui ne semblait pas heureux dans son uniforme.
– Est-ce que le garçon t'a donné son nom de famille? m'a-t-il demandé.
– Non, il a juste dit Bobby.
Puis je lui ai raconté ce que Bobby m'avait confié à propos de son père et de sa belle-mère.
Diane avait dû le prévenir de ma façon de communiquer, parce qu'il n'avait pas l'air surpris par la voix qui provenait de ma tablette.
– Vous êtes policier, monsieur? ai-je questionné.
– Non, juste un agent de la sécurité du musée... et tu peux m'appeler Jim.
– Je m'appelle Aurore, et je travaille avec la police, en France.
– Bien sûr, a répondu Jim.
Je l'ai vu penser :
«Les gosses ont vraiment de l'imagination!»
– Bon, revenons-en à Bobby..., a-t-il repris. Il t'a vraiment dit qu'il s'était enfui de chez lui?
– Absolument.
– Mais il ne t'a pas dit où il allait?

– Non. Mais il avait un sac à dos. Peut-être rempli de vêtements ?

– Peux-tu me décrire ce garçon ?

– Vous voulez un dessin ?

– Ce serait très utile.

J'ai pris le stylet de ma tablette et, quelques minutes plus tard, je tendais le portrait de Bobby à l'agent.
– Bon dessin ! a-t-il commenté. Tu as du talent. Tu peux me l'envoyer par mail ?

Il m'a donné son adresse et je lui ai envoyé mon dessin. Il nous a dit qu'il avait prévenu ses collègues, postés à toutes les entrées – il y en avait huit ! –, en leur précisant de chercher un garçon de onze ans avec un sac à dos, en uniforme d'écolier et seul. Il a aussi pris le numéro

de téléphone de Diane, au cas où le musée ou la police voudraient nous contacter.
– J'adorerais rencontrer la police de New York ! me suis-je exclamée.
– Espérons surtout que nous allons retrouver le garçon et que l'affaire s'arrêtera là, a répondu l'agent. Profitez de votre séjour à New York et merci de votre signalement.

Un peu plus tard, dans le métro qui nous ramenait à l'hôtel, Diane m'a dit :
– Je suis sûre que Bobby va rentrer chez lui aujourd'hui.
– Qu'est-ce qui te fait croire ça ?
– Quand on est jeune, on pense toujours à faire une fugue, à un moment ou à un autre. Mais ceux qui le font vraiment sont très rares.
– Mais j'ai vu à quel point il était malheureux et seul…
– Tu as fait ce qu'il fallait, Aurore. Tu es venue m'en parler. Mais vu la façon dont il s'est sauvé, il ne voulait clairement pas de notre aide. Ou bien il a eu peur.
– Mais pourquoi nous fuir, nous ? ai-je demandé. On voulait juste l'aider.
– La peur est souvent mauvaise conseillère, Aurore. Ne t'inquiète pas. Je suis sûre qu'il va rentrer chez lui.
J'étais inquiète. Pourtant, j'étais si fatiguée qu'en rentrant à l'hôtel, j'ai dormi deux heures d'affilée… Et cela malgré les cris de la femme qui, de l'autre côté du couloir, avait vu une souris sortir de son lavabo. Quand j'ai ouvert

les yeux, il faisait nuit. Diane était déjà réveillée et elle venait de prendre une douche.

– Il est 18 h 30, a-t-elle annoncé. L'heure de partir à Greenwich Village !

Un quart d'heure plus tard, nous étions dans le métro, direction « downtown ».

– On sera au club de jazz dans trente minutes, m'a dit Diane. Est-ce que tu aimes les pizzas ?

– J'adore !

– Tant mieux, parce qu'il y a une des plus anciennes et des meilleures pizzérias de New York juste à côté du club. Elle n'est pas très chic, mais elle est très New York.

– Super ! Au fait, tu n'as pas eu de nouvelles du musée ou de la police à propos de Bobby ?

– Non. Et toi, il t'a envoyé un message ?

J'ai fait non de la tête.

– Le mieux, c'est d'en conclure qu'il va bien.

J'avais envie de la croire, mais quelque chose me disait que ce n'était pas le cas du tout. Et qu'il n'était certainement pas rentré chez lui.

Diane a changé de sujet.

– Tu m'as parlé de cet endroit secret où tu vas parfois. Tu veux m'en dire un peu plus ?

J'étais très hésitante. J'avais envie de lui parler de Sésame, mais je risquais de contrarier Aube. Nous nous étions promis de ne jamais rien raconter de cet endroit

où j'allais lui rendre visite quand le Monde dur devenait... trop dur, justement.
Évoquer Sésame m'était difficile et j'ai tenté de l'expliquer à Diane.
– Je comprends, m'a-t-elle dit. Tout le monde a son jardin secret, un monde à soi dans lequel on vit la vie qu'on aurait voulu mener. Surtout les adultes qui, en vieillissant, regrettent toutes les choses qu'ils auraient dû faire et qu'ils ont négligées.
– Je n'ai pas de regrets ! me suis-je exclamée.
– Tu feras peut-être partie des chanceux qui n'en ont pas. Mais en avoir n'est pas forcément un défaut. Les regrets te rappellent au moins une chose : celle de faire mieux la prochaine fois. Et tu as le droit de garder tes secrets, Aurore. Parce qu'un secret partagé n'est plus un secret !
Nous sommes descendues à la station Christopher Street. Mais avant d'aller à la pizzéria, Diane m'a dit qu'elle voulait me montrer « quelque chose de très important, ici, au cœur de Greenwich Village ». En traversant la 7e Avenue, elle m'a expliqué que pendant des décennies le « Village » avait abrité beaucoup d'artistes, d'écrivains, de musiciens. Jusqu'à ce que le quartier devienne très cher. Mais le Village avait aussi toujours été le refuge de ceux qui, dans le passé, menaient des vies différentes. Surtout les personnes qui luttaient pour être et aimer qui elles voulaient.

– Je ne sais pas grand-chose de la vie, ai-je dit. Mais si je me base sur l'exemple de ma famille, ou de celles que je connais, la famille traditionnelle n'existe pas !

– Exactement ! Et on ne doit pas juger la vie de quelqu'un tant qu'il ou elle ne fait de mal à personne.

Nous avons marché jusqu'au Village Vanguard, le club de jazz où nous reviendrions plus tard. J'ai adoré sa porte rouge et son auvent qui s'avançait jusqu'au bord du trottoir. Il n'y avait personne devant, mais l'homme à l'entrée nous a dit de revenir dans trente minutes maximum si on voulait avoir une bonne place.

J'ai adoré la pizzéria aussi, avec ses énormes fours, ses immenses pizzas servies sur des plateaux argentés, ses vieux calendriers accrochés aux murs, et cette incroyable machine, appelée jukebox, dans laquelle on glisse une pièce de monnaie pour écouter la chanson qu'on veut. Diane a choisi un titre d'un grand chanteur des années 60 (il y a une éternité !) appelé Bobby Darin et qui a remporté un succès phénoménal avec son morceau, intitulé *Beyond the Sea*. Apparemment, c'est la version américaine d'une chanson française très célèbre aussi, *La Mer*, chantée par Charles Trenet.

Nous avons mangé notre pizza préparée par des personnes très aimables qui parlaient chinois en écoutant la musique. Diane a chanté en même temps que Darin les paroles en français, et les cuisiniers qui préparaient les pizzas l'ont saluée en levant les pouces et en disant : « Très belle voix ! »

Nous sommes ensuite retournées au club de jazz, où nous n'avons pas fait la queue longtemps. Le portier m'a dit qu'il trouvait très cool que je vienne écouter du jazz, que le Village Vanguard existait depuis plus de quatre-vingts ans et que tous les grands du jazz avaient joué dans cette salle.

– C'est quoi, un grand du jazz ?

– Le meilleur des meilleurs musiciens, a-t-il répondu. Et quoi que tu fasses, Aurore, je parie que tu seras la meilleure des meilleurs, parce que, comme on dit dans le jazz, tu connais le riff, ma grande !

Nous avons eu une table tout près de la scène. Le serveur m'a conseillé de commander un cocktail sans alcool appelé Shirley Temple. Diane a voulu la même chose.

Nos cocktails sont arrivés. Le Shirley Temple était accompagné d'une grosse cerise. Délicieux ! Autour de nous, toutes les tables étaient occupées. Les murs, d'un magnifique vert foncé, étaient tapissés des photos de musiciens de jazz. Un piano, une contrebasse et une batterie occupaient la scène. Elle était toute petite, comme le Vanguard lui-même, mais cela permettait à tout le monde d'être proche de la musique et les uns des autres.

Les lumières ont baissé. Les musiciens sont arrivés. Le pianiste s'appelait Fred Hersch. Il était mince, portait des lunettes fines et il avait un visage agréable. Toute la salle l'a applaudi, ainsi que l'immense monsieur japonais qui a pris la contrebasse et le très imposant monsieur afro-américain qui s'est assis derrière la batterie et qui, lorsqu'il m'a vue, m'a saluée avec ses baguettes !

Ils ont joué pendant une heure. M. Hersch nous a parlé des morceaux avant de les jouer ; certains étaient inspirés d'anciennes chansons célèbres et d'autres étaient écrits par lui. J'étais stupéfaite de voir les trois

musiciens jouer tous les morceaux de mémoire. Ils ont joué des airs tristes et doux, d'autres qui paraissaient exprimer tout ce qu'on peut ressentir quand quelqu'un vous manque profondément, et d'autres encore qui semblaient nous dire : « Soyez heureux ! » À la fin, qui est arrivée beaucoup trop vite, les musiciens se sont levés, ils ont salué le public et tout le monde a applaudi.

Les lumières se sont rallumées. La meilleure musique que j'avais entendue de ma vie venait de s'arrêter! J'étais drôlement fatiguée. Il était presque 22 heures. Mais en France, il était 4 heures du matin! Et nous étions arrivées le jour même. Pas étonnant que je sois épuisée!

En partant, j'ai vu M. Hersch assis à une table avec des amis, près de la porte. Ils le félicitaient pour son merveilleux concert.

– C'était mon premier concert de jazz, lui ai-je dit en m'approchant. Vous étiez fabuleux!

Il m'a souri.

– Merci beaucoup. Et c'est un sacré bel objet que tu as là, a-t-il ajouté en montrant ma tablette. Je m'appelle Fred. Et toi?

Je lui ai répondu et je lui ai demandé :

– Est-ce que je peux vous poser une question sur le jazz, Fred?

– Bien sûr, Aurore!

– C'est quoi un riff?

– Sacrée question! Viens avec moi au piano, je vais t'expliquer. Ton amie peut venir aussi.

Fred s'est assis au piano et a joué quelques notes.

– Voilà une phrase. Si je la joue encore et encore, elle devient une partie de la mélodie... Tu entends? J'ai changé légèrement. Si je continue de jouer cet air en lui apportant chaque fois quelques changements, c'est un

riff. Mais, en dehors de la musique, le riff c'est aussi l'art d'improviser.
Je suis restée songeuse un instant et j'ai dit :
– Je vois ! C'est ce qui arrive souvent quand quelqu'un fait une erreur.
– Bien vu, Aurore ! Mais j'aimerais savoir quelque chose. Puisque tu sembles tellement apprécier le jazz, pourquoi ne pas apprendre à jouer d'un instrument ?

Dans le métro, en retournant à l'hôtel, je n'arrêtais pas de bâiller – j'étais très fatiguée – mais j'ai tout de même demandé à Diane :
– Tu crois que je pourrai apprendre le piano quand on sera rentrées à la maison ?
– C'est une excellente idée, Aurore. Mais pour l'instant, appuie-toi contre mon épaule et dors un peu. Ne t'inquiète pas, je reste éveillée pour ne pas rater notre station !
Je me suis endormie en deux secondes. Je me souviens que Diane m'a secouée. Je crois avoir vu le panneau de la station – 103e Rue –, et je me rappelle vaguement qu'elle m'a soutenue jusqu'à l'hôtel, dans l'ascenseur, jusqu'à notre chambre, puis qu'elle m'a mise en pyjama et m'a bordée dans mon lit. Il me semble aussi avoir vu l'heure sur ma tablette, 22 h 45. C'était très tard pour moi ! Surtout que nous étions arrivées à New York à peine

dix heures plus tôt ! J'ai fermé les yeux et je suis tombée dans un profond sommeil.

Et tout à coup…

Ding !

Je venais de recevoir un message. J'ai ouvert les yeux. Je me suis redressée.

Diane, dans le lit à côté du mien, dormait à poings fermés. J'ai regardé l'heure. 4 h 43. J'avais dormi six heures. Loin de mes neuf heures habituelles. Puis je me suis souvenue que New York est une ville qui ne dort jamais. Et que je n'y étais que pour quatre jours. Je n'allais pas me plaindre pour trois petites heures de sommeil en moins !

Ding !

Quelqu'un essayait de me joindre. J'ai baissé le son, pour ne pas réveiller Diane – même si elle ronflait ! –, et j'ai regardé mon message.

Salut, Aurore, c'est Bobby. J'ai dormi à Central Park cette nuit. Je me suis réveillé il y a une heure et j'ai marché jusqu'à ton hôtel. Je suis en bas. J'espère que tu es réveillée et en train de lire mon message. Parce que j'ai vraiment besoin de ton aide maintenant !

Je me suis habillée très vite et je suis descendue, sans oublier de prendre la clé et de fermer très doucement la porte derrière moi. Je ne voulais pas réveiller Diane, qui ronflait toujours !
Le couloir, plongé dans l'obscurité, était très calme. J'ai appelé l'ascenseur, qui est descendu dans un concert de grincements métalliques. Quand la porte s'est ouverte, au rez-de-chaussée, j'ai tout de suite vu Bobby, assis dans un fauteuil près de l'entrée. Il m'a fait un grand sourire. Il avait l'air un peu fatigué et ses vêtements n'étaient pas très propres : il y avait des traces d'herbe sur sa chemise et les genoux de son pantalon. À la réception, il y avait un homme avec des lunettes noires et un gros turban.

– Désolé de t'avoir réveillée ! m'a dit Bobby.

– Pourquoi tu as dormi dans le parc ?

– Je t'ai raconté…, a-t-il commencé en lançant un regard vers le réceptionniste.

il avait l'air un peu fatigué

Je voyais, derrière ses yeux, ce qu'il essayait de me faire comprendre :
« Je lui ai dit que tu étais ma cousine, qu'on était ensemble, puis qu'on avait été séparés et que je m'étais perdu... Il est sur le point d'appeler la police. S'il te plaît, ne dis rien qui pourrait... »
Le réceptionniste me dévisageait d'un air soupçonneux.
– C'est toi, Mlle Aurore ? m'a-t-il demandé.
– En personne ! ai-je répondu en me servant de la voix.
– Ce garçon prétend que vous vous connaissez. C'est vrai ?
– Absolument !
J'étais un peu gênée de ne pas tout à fait raconter la vérité, mais j'avais aussi conscience des problèmes de Bobby. Si je disais au réceptionniste d'appeler la police, Bobby allait retrouver son père et sa belle-mère et ses problèmes ne risquaient pas de s'arranger. D'un autre côté, si je tentais de lui expliquer la situation, le réceptionniste n'allait pas comprendre pourquoi renvoyer Bobby chez lui reviendrait à le mettre en danger.
– Que fait-il dehors à cette heure ? m'a-t-il demandé. Où sont ses parents ?
– Ils prennent l'avion ce matin pour aller à Paris, a répondu Bobby. Et ils m'ont laissé avec ma cousine française pendant qu'elle est à New York.
Le réceptionniste a regardé l'horloge accrochée au mur.
– Leur vol est super tôt...

– L'avion décolle à 8 heures, a dit Bobby. Mais comme ils doivent être à l'aéroport à 5 h 30, ils m'ont déposé en y allant. N'est-ce pas, Aurore ?
L'homme m'a dévisagée avec insistance, comme s'il me mettait au défi de lui dire la vérité.
– Je connais Bobby, ai-je dit.
Ma réponse a semblé le satisfaire.
– C'est bon, mais je ne veux plus vous revoir traîner ici à cette heure, a-t-il bougonné. Les gens pourraient se demander ce que font deux gosses tout seuls, si tôt le matin, sans leurs parents. Je ne veux pas avoir de problèmes.
– Vous n'en aurez pas, a dit Bobby en m'entraînant vers l'ascenseur.
Il a ouvert la porte et on s'est engouffrés à l'intérieur. Il a appuyé sur le bouton du deuxième étage.
– Mais ma chambre est au sixième ! ai-je protesté.
– On va aller au deuxième et trouver une sortie. Un homme que je connais bien – quelqu'un de super gentil qui travaillait pour nous – est sur le point de se faire jeter à la porte de chez lui. Si on ne fait pas quelque chose aujourd'hui, ma belle-mère va raser son immeuble. Toutes les familles qu'elle a déjà mises à la rue ne retrouveront jamais de logement !
– Pourquoi n'es-tu pas rentré chez toi, hier soir ?
– Je te l'ai dit : j'ai fait une fugue.
– Mais ton papa et ta belle-mère doivent être inquiets.

– Janina me déteste.

– Elle s'appelle Janina ?

– Oui. Elle est lituanienne. Elle était mannequin avant. Il n'y a que l'argent qui l'intéresse. Elle décide de tout et passe son temps à donner des ordres à tout le monde. Elle est aussi super blonde.

– Pourquoi ton père la laisse tout diriger ?

– Oh ! il ne la laisse pas tout diriger. Elle croit qu'elle dirige tout. Elle est devenue son associée. Construire des tours, démolir des quartiers. Et elle sait que j'ai découvert ce qu'elle fabrique à Harlem, à l'angle de la 104e Rue et de la 3e Avenue…

– Tu ne devrais pas aller voir la police, si tu as découvert quelque chose de mal ?

– Papa et Janina ont beaucoup d'amis à la police. Surtout Papa. Si j'y vais, il lui suffira d'un coup de fil à l'agent pour me ramener à la maison, et Janina ne me laissera plus jamais sortir. Sauf pour aller à l'école et revenir, sous la garde d'Igor.

– Qui est Igor ?

– Le majordome de mon père.

– Ton père a un majordome ?

– Oui. Et Igor est aussi un cousin lituanien de Janina. Il n'est pas très sympa. Lui aussi me déteste. Si je rentre chez moi, ils ne me laisseront plus jamais seul. Je serai leur prisonnier !

L'ascenseur s'est arrêté. Bobby est sorti, en laissant le pied contre la porte pour la bloquer.

– On va trouver l'escalier de service, filer en douce et rejoindre Leroy sur la 104ᵉ Rue.

– Qui est Leroy ?

– L'homme qui va perdre son logement.

– Mais je ne peux pas quitter l'hôtel !

– On en a juste pour une heure. J'ai besoin de ton aide, Aurore ! Si on arrive à temps, on pourra empêcher ça !

– Mais si je pars avec toi, ma prof va être drôlement en colère contre moi.

– Non, parce que je suis sûr qu'elle est du genre à aider les pauvres et qu'elle est contre les riches femmes et hommes d'affaires qui jettent les gens dehors et démolissent leur immeuble juste pour gagner plus d'argent.

– Oui, Diane veut rendre le monde meilleur… Et moi aussi ! Mais pourquoi as-tu besoin de moi pour aller chez Leroy ?

– Parce que je suis tout seul. Et que j'ai peur. Et que je n'ai pas d'amis.

Je suis sortie de l'ascenseur.

– Tu n'as pas d'amis du tout ? Même à l'école ?

– Tout le monde me prend pour quelqu'un de bizarre à l'école.

– Moi aussi. Mais c'est bien d'être bizarre. En fait, ça te rend unique et cool.

– S'il te plaît, accompagne-moi chez Leroy ! Si j'y vais seul, ma belle-mère, qui sera là-bas dès le lever du soleil pour diriger l'opération de démolition, va juste me hurler dessus. Si j'arrive avec toi, elle aura peut-être honte de jeter quelqu'un à la rue sous les yeux d'une petite fille.

– Je ne suis pas petite ! ai-je répliqué. Et je veux t'aider. Surtout si on peut vraiment empêcher quelque chose d'aussi moche de se produire. Mais je m'inquiète pour Diane. Que va-t-il se passer si jamais elle se réveille et qu'elle ne me voie pas dans la chambre ?

– Elle dormait quand tu es partie ?

– Oui, et bruyamment !

– Tu seras rentrée à 7 heures. Parce que l'expulsion – c'est comme ça qu'on dit quand on jette les gens dehors – a lieu à 6 heures.

– Comment le sais-tu ?

– Janina laisse tout le temps traîner un de ses téléphones à la maison. Elle en a deux. Un pour le travail, l'autre pour les trucs perso. Elle adore ses téléphones. Elle passe son temps dessus. Je l'ai vue taper son code un jour, j'ai découvert que c'était sa date de naissance. Devine quel jour elle est née ?

– Le jour de Noël ?

Il m'a regardée, médusé.

– Comment le sais-tu ? Tu lis dans les pensées ?

Je me suis contentée de sourire, et Bobby a continué.

– Bref, elle est née le 25 décembre 1975 et c'est le code de ses téléphones. Elle est toujours tellement occupée à monter des affaires, gagner de l'argent, crier sur tout le monde pour être obéie, qu'elle oublie souvent un de ses téléphones quelque part. Hier, avant de partir à l'école, je l'ai entendue passer un coup de fil. *Je t'envoie un texto tout de suite. Pour te dire quand on va jeter ce sale type dehors et démolir l'immeuble.* Puis le majordome est arrivé pour lui dire que mon père voulait la voir. Elle a lâché l'appareil. J'en ai profité pour y jeter un coup d'œil et j'ai découvert qu'ils allaient débarquer chez Leroy aujourd'hui à 6 heures du matin. Et que l'immeuble serait rasé dans la journée.
– Ça veut dire quoi, rasé ?
– Démoli ! Je t'expliquerai tout dans le taxi. On doit y être dans vingt minutes. C'est de l'autre côté du parc. Je te mettrai dans un taxi pour revenir et tu seras de retour à 7 heures. Peut-être même avant !
Ma petite expédition allait vraiment contrarier Diane, mais je croyais Bobby quand il disait qu'on allait faire quelque chose de bien tous les deux, et j'espérais que Diane serait peut-être un peu en colère, mais qu'elle comprendrait. Surtout si je lui envoyais un message pour lui expliquer que j'aidais Bobby à défendre de pauvres gens face à des gens riches et méchants, et que je revenais dans une heure.
– Si tu me promets que je serai rentrée à 7 heures…

– Je le jure.
– OK. Allons empêcher quelqu'un d'être jeté à la rue, alors !
Bobby m'a répondu qu'on devait d'abord trouver l'escalier de secours.
Il y avait une porte au bout du couloir avec une pancarte qui disait « *Exit* ». On a couru vers la porte. Mais, dès qu'on l'a ouverte, j'ai vu quelque chose d'effrayant : un tapis d'insectes !
– Des cafards ! a crié Bobby.
– C'est quoi, des cafards ? ai-je demandé, les yeux écarquillés.
– L'insecte emblématique de New York ! Il y en a partout dans la ville. Viens, on va leur courir dessus. Ils ne sont pas dangereux, ils sont juste moches !
– Mais si on leur court dessus, on va les tuer. On ne peut pas faire ça.
– Qu'est-ce que tu proposes, alors ?
J'ai eu une idée. Je me suis accroupie près des cafards – il devait y en avoir des centaines –, j'ai monté au maximum le volume de la voix de ma tablette et je leur ai dit :
– LAISSEZ-NOUS PASSER, S'IL VOUS PLAÎT !
– Tu es complètement folle ? a crié Bobby.
Mais ce sont les cafards qui sont devenus fous : ils se sont éparpillés dans tous les sens !

Laissez-nous passer
Je le trouve grunge.

– Viens ! ai-je dit en poussant Bobby dans l'espace qu'ils avaient libéré.

On a dévalé l'escalier, Bobby a donné un coup d'épaule dans la porte rouillée qui se trouvait en bas. Elle s'est ouverte et on s'est retrouvés dans une ruelle pleine d'ordures.

– Oh ! beurk, a dit Bobby. Comment peux-tu rester dans un hôtel pareil ?

– Je le trouve grunge ! ai-je répliqué en testant ce nouveau mot.

– Grunge veut dire pas cher mais cool, a dit Bobby. Cet endroit est un taudis.

– Tu n'arrêtes pas de dire ça. J'aime bien les taudis. Tu ne devrais pas être aussi snob.

On a enjambé les ordures et débouché dans une rue perpendiculaire à une grande avenue. Un taxi jaune est arrivé. Bobby a levé la main en criant :

– Taxi !

La voiture a pilé. On est montés dedans et Bobby a donné l'adresse au chauffeur.

– 104e Rue et 3e Avenue ! Grouillez-vous !

On a démarré à toute allure.

– Il va drôlement vite, ai-je dit en bouclant ma ceinture.

– C'est New York. On fait tout vite ! Et on a un immeuble à sauver !

– Et ton ami Leroy !

– Sauver l'immeuble, c'est sauver Leroy. Il y a six mois, Leroy était encore le chauffeur de mon père. Jusqu'à son mariage avec Janina. Leroy a travaillé dix ans pour nous. J'ai grandi avec lui. Il me conduisait partout : à l'école, dans notre maison d'été des Hamptons...
– C'est quoi, les Hamptons ?
– Un endroit chic pour gens riches, sur la plage, à Long Island.
– Alors tu as passé beaucoup de temps avec Leroy ?
– Il était comme un père pour moi. Surtout depuis la disparition de Maman.
– Pourquoi elle a disparu ?
– Parce que mon père a rencontré Janina et que Janina l'a poussé à quitter Maman. Elle racontait plein de méchancetés sur elle. Maman a eu des problèmes au travail et, un jour, elle a disparu. Papa m'a dit qu'elle s'était enfuie parce qu'elle avait honte de ce qu'elle avait fait.
– Qu'est-ce qu'elle avait fait ?
– Je ne sais pas. Personne ne me dit rien, sauf que c'était vraiment mal. Janina a fait renvoyer Leroy. Elle a raconté à mon père qu'il lui avait volé de l'argent dans son sac à main. Elle lui a dit : « C'est un Noir, et les Noirs sont des voleurs. »
J'ai écarquillé les yeux.
– Elle a vraiment dit une énormité pareille ?
– Oui, elle l'a dit et mon père l'a soutenue.

– Tu connais le mot « raciste » ?
– Évidemment ! Je l'ai appris en classe. Comme j'ai appris la guerre de Sécession, la confédération des États du Sud contre l'Union, parce qu'ils voulaient garder des esclaves.
– C'est mal, le racisme. Tout le monde sait que juger quelqu'un à la couleur de sa peau, au dieu auquel il croit, ou au pays d'où il vient, est complètement… idiot ! Que ta belle-mère ait accusé Leroy de l'avoir volée parce qu'il n'était pas blanc, c'est horrible.
– Je savais que c'était un mensonge, a continué Bobby. Papa le savait aussi, mais il a fait exactement ce qu'elle demandait. Puis elle a installé son cousin flippant dans la chambre qu'occupait Leroy chez nous. Parce qu'il s'est fait renvoyer – et qu'il n'est plus très jeune –, Leroy a beaucoup de mal à retrouver un travail. Il n'a pas d'argent et il habite un minuscule appartement dans un vieil immeuble de Harlem Est. Un immeuble que Janina a maintenant décidé de détruire pour construire un gros truc à la place.
– Comment tu sais tout ça ?
– Je t'ai dit tout à l'heure que je n'avais pas d'amis. Ce n'est pas tout à fait vrai, parce que Leroy est mon ami. Je vais le voir deux ou trois fois par semaine, après l'école. C'est un secret. Mais il y a dix jours, Janina l'a découvert…
– Mais si c'est Igor qui vient te chercher à l'école…

– Au début du semestre dernier, j'ai dit à Papa que j'avais onze ans et que je voulais prendre le bus comme tout le monde pour aller à l'école. Surtout qu'on habite à l'angle de la 5e Avenue et de la 77e Rue, que le bus est à moins de cent mètres de la maison et qu'il me laisse quasiment devant l'école. Mais Janina exigeait que je sois rentré tous les jours à 16 heures. Alors je lui ai dit que je faisais du théâtre et qu'on avait des répétitions jusqu'à 17 h 30. Ça me laissait le temps d'aller chez Leroy, de lui apporter de quoi manger, de l'argent, et de passer une heure avec lui.
– Comment faisais-tu pour lui donner de l'argent ?
– C'est très simple : Papa m'a donné une carte bancaire. En fait, il m'en a donné trois. Et il m'a dit que je pouvais dépenser jusqu'à 500 dollars par semaine, comme je voulais.
Ça faisait 450 euros par semaine ! Juste pour s'acheter ce qu'il voulait ? C'était dingue !
– Tu dépenses tout cet argent chaque semaine ?
– N'aie pas l'air aussi choquée ! La fortune de mon père s'élève à plusieurs centaines de millions de dollars. L'argent de poche qu'il me donne lui permet de ne pas se sentir coupable de ne pas s'occuper de moi. Bref, je ne dépense pas cet argent pour moi. Je donne 300 dollars chaque semaine à Leroy et je lui apporte à peu près 100 dollars de courses.
– C'est très gentil de ta part.

– Tu dois toujours aider un ami. Un jour, Janina a demandé à Igor de me suivre après l'école. Quand il m'a vu entrer dans un magasin près de chez Leroy, en ressortir avec des courses et aller chez lui, eh bien j'ai eu des gros problèmes. Janina a regardé les relevés de mes cartes bancaires sur Internet. Elle s'est aperçue que je donnais de l'argent à Leroy depuis qu'elle l'avait fait renvoyer. Elle a convaincu mon père qu'il fallait qu'Igor me conduise désormais partout ; je n'avais plus le droit d'aller seul nulle part. Alors, quand j'ai découvert qu'elle allait démolir l'immeuble de Leroy, le jeter à la rue et faire de lui un SDF, j'ai pris une décision… Hier, en allant à l'école, j'ai dit à Igor que j'avais un entraînement de base-ball après mes cours et qu'il devait venir me chercher à Riverside Park, là où on jouait. Je savais qu'il serait malgré tout devant l'école quand je sortirais à 15 h 30, alors j'ai fait un truc vraiment pas terrible : j'ai séché mon cours d'histoire à 14 heures et j'ai quitté l'école par la porte de derrière.

– Tu t'y connais en portes de derrière !

– Je suis New Yorkais ! Et comme dit mon père, un vrai New Yorkais connaît tous les raccourcis.

– Mais les raccourcis, ce n'est pas une solution de facilité ? Une façon de ne pas affronter le problème ?

Bobby m'a regardée, étonné.

– Et moi qui me croyais le plus malin de nous deux !

Le taxi s'est arrêté devant un petit immeuble de pierres rouges en mauvais état. Des briques manquaient et beaucoup de fenêtres étaient obstruées. Une pancarte accrochée à la porte d'entrée annonçait : *Bâtiment condamné – Interdiction d'entrer.* Et tout autour, il n'y avait que des ruines : les restes d'autres immeubles déjà démolis.

– C'est horrible, ai-je dit.
– Vraiment horrible, a renchéri Bobby en sortant une carte bancaire pour payer le taxi.
Qui possède une carte bancaire à onze ans? J'étais un peu choquée, mais je me suis vite reprise : mon nouvel

ami était quelqu'un de bien, il se rendait depuis des semaines dans cet immeuble délabré pour voir son ami et lui apporter de quoi vivre.

– Bon, je dois te prévenir…, m'a dit Bobby en descendant du taxi. Depuis qu'il a perdu son travail, Leroy ne sort pas de chez lui, il dort beaucoup trop et il n'est pas très drôle. Il a l'impression que sa vie est fichue. Alors on va rester avec lui et refuser de bouger jusqu'à ce que Janina accepte de ne pas démolir son immeuble avant d'avoir trouvé un nouveau logement à Leroy.

Nous sommes entrés dans le bâtiment. Ça sentait drôlement mauvais à l'intérieur, et il y avait des chats partout.

L'appartement du rez-de-chaussée était abandonné, sa porte était grande ouverte et les chats s'y étaient installés. Ils devaient être une trentaine, ils avaient l'air affamés. Ils n'avaient évidemment pas de litière et l'odeur était épouvantable. Quand on est passés devant eux, ils se sont mis à nous cracher dessus d'un air menaçant, alors même que j'essayais de les rassurer (avec la voix de la tablette).

– On pourra leur apporter à manger, plus tard ? ai-je demandé à Bobby.

– À mon avis, Janina a déjà prévu d'appeler la fourrière pour les embarquer et les faire tuer.

– Mais c'est affreux ! On doit les sauver, eux aussi !

L'appartement de Leroy était au premier étage, après quelques marches branlantes et fendues qui semblaient tenir par miracle. Sa porte était déjà ouverte. Bobby a quand même frappé en appelant son nom. Puis nous sommes entrés, en fermant la porte derrière nous. Bobby avait raison, l'appartement était minuscule. Un lit simple, un évier, un réfrigérateur, une plaque électrique avec une casserole et une cafetière. Les vêtements de Leroy, dont les deux costumes qu'il devait porter quand il était le chauffeur du papa de Bobby, étaient accrochés à un portant. Sur une étagère au-dessus, il y avait des chemises blanches parfaitement repassées, des cravates et une pile de tee-shirts blancs. Leroy était un homme petit,

aux cheveux blancs et au visage tout ridé. Il avait un regard gentil et semblait très anxieux.

– Bobby ! Je t'ai déjà dit de ne plus venir par ici, mon garçon.

– Et moi, je t'ai déjà dit que je n'allais pas te laisser tomber.

– Qui est cette adorable jeune fille aux yeux ronds comme des billes ? Tu as une petite amie, maintenant ?

– Je suis juste son amie, ai-je répondu en me servant de la voix avant de lui dire mon prénom et d'où je venais.

– À cette heure-ci, tu devrais être au chaud dans ton lit, Aurore. Certainement pas ici. Avec un vieux grincheux qui s'apprête à vivre sous des cartons dans la rue...
– Ne dites pas que vous êtes vieux ! ai-je répliqué. Et on ne va pas vous laisser finir à la rue.
– Cette jeune Française ne manque pas d'air ! a dit Leroy dans un gros éclat de rire.
Puis il s'est mis à tousser – une quinte de toux qui n'en finissait pas.
– Ça ne s'arrange pas, a constaté Bobby.
– Quarante ans de cigarettes et voilà ce qui arrive...

– Il n'est jamais trop tard pour arrêter ! me suis-je exclamée.
– Quel intérêt ? Surtout avec ce qui m'attend.
– On va trouver une solution ! s'est écrié Bobby.
– Tu es un bon gars, Bobby. Et contrairement au reste de ta famille, tu as bon cœur. Mais tu sais ce que je pense ? Que tout a bien mal tourné pour moi. La preuve : la seule chose qui me sépare de la misère, c'est deux gamins qui ne comprennent pas à quel point les gens riches peuvent être méchants.
À peine venait-il de finir sa phrase qu'un bruit fracassant faisait voler la porte en éclats. Trois hommes – tous costauds et tous en costume noir – ont fait irruption. Une femme est entrée derrière eux. Elle était très grande, très blonde, parfaitement maquillée, et elle avait les bras drôlement musclés. En fait, elle ressemblait à une figurine de super-héroïne, avec les dents les plus blanches que j'avais jamais vues. Dès qu'elle est entrée, Bobby s'est caché derrière Leroy, l'air terrifié. J'en ai déduit que c'était sa belle-mère, Janina.
– Je savais que tu serais là ! s'est-elle écriée. J'ai tout de suite compris, quand tu n'es pas rentré hier soir, que tu irais chez ce vieil escroc.
Leroy s'est levé, soudain revigoré par la colère.
– Je ne suis pas un escroc, madame. C'est vous, la voleuse, ici.

C'est vous la voleuse !

Un des costauds en costume noir s'est avancé d'un pas, en sortant quelque chose de sa veste. Un revolver ! Mais au lieu de le pointer sur Leroy, il l'a pris par le canon et il lui a donné un violent coup de crosse à la tête. Bobby a hurlé. J'étais horrifiée et plus terrorisée que jamais ! Mais depuis que les méchants et l'encore plus méchante Janina étaient entrés dans la pièce, je filmais tout sur ma tablette. Je filmais maintenant Leroy tombant par terre, du sang coulant de sa blessure. Et Bobby hurlant, traitant les hommes d'assassins et Janina de monstre. Et Janina l'attrapant par le col et lui criant en pleine figure qu'elle allait l'enfermer pour les cinq prochaines années dans leur appartement. Et Bobby lui mordant la main super fort, puis courant vers la porte, et donnant un bon coup de pied dans le tibia de l'homme qui la bloquait. J'ai couru derrière Bobby, tandis que Janina hurlait :

– Arrêtez-les ! Et récupérez cette tablette !

Bobby a dévalé l'escalier en direction de la rue, le costaud sur ses talons. J'ai regardé à droite, j'ai regardé à gauche et je me suis dit : « La seule solution, c'est de monter. Mais qu'y a-t-il en haut ? »

– Attrapez-la ! a crié Janina une deuxième fois.

Un autre homme – celui avec le revolver – s'est lancé à mes trousses ! Il était rapide, mais je l'étais plus que lui. J'ai couru dans l'escalier déglingué, montant trois étages, évitant les gros trous dans les marches.

– Arrête-toi, sale gosse ! criait l'homme derrière moi. Tu vas t'arrêter ?

Mais j'ai continué. Et j'ai eu de la chance : l'homme s'est coincé le pied dans un trou ! Il a hurlé un tas de gros mots. Il a dû se faire vraiment mal, parce qu'il a gémi aussi. Je suis arrivée en haut de l'escalier, devant une porte métallique avec une barre-poussoir. Je me suis jetée dessus. La porte s'est ouverte et je suis arrivée... sur le toit. Je n'avais plus nulle part où aller ! J'ai fermé la porte derrière moi, mais il n'y avait pas de verrou ni rien pour empêcher les méchants de m'attraper. Je devais réfléchir vite ! Il fallait que j'envoie tout ce que j'avais filmé à quelqu'un qui pouvait m'aider. Quelqu'un à New York ! Mais qui ? Je me suis alors souvenue de quelque chose, j'ai glissé la main dans la poche arrière de mon jean et j'ai senti la carte. La carte que m'avait donnée le si gentil chauffeur qui nous avait ramenées de l'aéroport, Diane et moi. Sal ! J'ai sorti la carte, composé son numéro sur ma tablette et j'ai écrit :

AIDEZ-MOI ! AURORE

J'ai mis la vidéo en pièce jointe. La porte s'est ouverte. Deux hommes ont couru vers moi, dont un qui boitait sérieusement. Celui qui était armé.

– Pas un geste ! a-t-il crié.

Mais j'avais déjà appuyé sur la touche « Envoyer ».

Je filmais tout sur ma tablette
PAS UN GESTE !

– Donne-moi immédiatement cette tablette !
C'était l'homme qui boitait, celui qui pointait son arme sur moi.
– Baisse ton arme, imbécile !
Ça, c'était l'autre homme. Il était un peu plus âgé. Et, contrairement à celui qui me menaçait, ou à Janina, il semblait, à son accent, être américain.
– Elle nous a filmés, a répliqué l'homme armé.
– Et maintenant, nous la tenons, elle et sa tablette. Alors baisse ton arme, Igor !
Igor le Terrible ! Le cousin de Janina !
– Elle a peut-être envoyé les images à quelqu'un ! a répliqué Igor.
– C'est ce que tu as fait, ma mignonne ? m'a demandé l'autre méchant.
Je me suis servie de la voix pour répondre.
– Je ne suis pas votre mignonne !
– Pourquoi ne parles-tu pas ? m'a questionnée Igor.

– Parce que je n'ai jamais parlé ! Parce que je parle avec ma tablette.

La porte s'est ouverte et Janina a foncé sur moi.

– Tu as récupéré sa tablette ? a-t-elle demandé à l'autre homme en passant devant lui.

– J'essaie d'abord de convaincre ton idiot de cousin de baisser son arme.

Janina s'est plantée devant moi.

– Donne-moi cette tablette immédiatement.

Je l'ai serrée contre moi. Sans ma tablette, je ne pouvais pas communiquer ! Sans ma tablette, je ne pouvais pas parler à ma Maman, mon Pap' ou Diane ! Sans ma tablette, j'étais perdue. Personne ne pouvait me l'arracher !

– Je ne te conseille pas de me désobéir, Aurore ! a grondé Janina.

Je l'ai regardée, horrifiée.

– Comment connaissez-vous mon prénom ?

– Je l'ai obtenu de ton petit camarade ! Maintenant, c'est à ton tour de tout me dire.

– Vous êtes quelqu'un d'horrible ! ai-je répliqué avec la voix. Vous allez payer pour tout ça ! Surtout pour ce que vous avez fait à Leroy !

Ses yeux se sont écarquillés. Je l'ai vue penser :

« Cette gamine en sait beaucoup trop. Je dois la faire taire maintenant ! »

Et, d'un seul coup, la gifle est partie. Une gifle super forte qui m'a fait trébucher… et ma tablette m'a échappé. Elle l'a saisie au vol. Malgré la douleur, je me suis jetée sur elle, mais Igor m'a rattrapée par le bras et m'a bloquée, en le tordant dans mon dos. Je ne pouvais pas parler, parce que ce monstre avait ma tablette et que je ne pouvais pas m'en servir. Mais j'avais mon oreillette et ma tablette était toujours en mode traduction, j'entendais donc, et en français, tout ce qu'ils disaient ! Janina, tandis que j'étais à genoux par terre, ordonnait :

– Emmenez-la en bas et jetez-la dans le coffre de la voiture avec le gosse de mon mari !

– Avec plaisir, a répliqué Igor.

Mais l'autre méchant lui a barré la route.

– Laisse-la partir, a-t-il dit à Igor.

– Pour qui te prends-tu, à donner des ordres ? a lâché Janina. Je te paye. Tu m'obéis.

– Tu as déjà enfermé ton beau-fils dans le coffre. C'est un délit, mais un bon avocat pourra prétendre que c'est une affaire familiale et que tu t'es un peu emballée sur le plan éducatif. Par contre, si tu boucles cette gamine, c'est un enlèvement avec séquestration. Et ça, ça veut dire la prison. À vie.

J'ai profité de cet échange pour tenter d'échapper à la poigne d'Igor. Mais il m'a tordu le bras plus fort. J'aurais bien crié, mais parce que je n'étais pas capable de parler, ni d'émettre le moindre son, ma bouche n'a proféré qu'un silencieux « Au secours… ».

L'autre méchant a saisi Igor par l'épaule.
– Tu te comportes en parfait crétin, à brutaliser une gamine comme ça. Alors tu la lâches maintenant, ou je te refais le portrait.
– Essaie un peu pour voir, abruti, a répliqué Igor.
L'autre méchant a sorti son arme et l'a pointée sur Igor.
– Tu crois que les flics vont me jeter en taule quand je leur dirai que je t'ai tiré une balle dans la tête parce que tu t'en prenais à une petite fille ?
Je voulais crier que je n'étais pas petite ! Je voulais aussi que ce méchant baisse son arme.
– As-tu envoyé la vidéo à quelqu'un ?

C'était Janina. Plantée devant moi, le doigt pointé sur l'écran de ma tablette, elle mimait le geste d'appuyer sur la touche « Envoyer ». Je n'aime pas mentir, mais quand on est au milieu d'une bande de gens très méchants, des gens avec des pistolets qui viennent juste de frapper un homme à la tête et d'enfermer votre ami dans un coffre, des gens vraiment très méchants, on n'est pas obligé de dire la vérité.

J'ai secoué la tête et fait « non » avec les lèvres. Aucun son n'est sorti de ma bouche.

– Tu ne peux vraiment pas parler, hein ? a constaté Janina. Au moins, tu ne mens pas sur ça.

– La gamine est française, non ? a demandé l'autre méchant.

– Bobby m'a raconté qu'il l'a rencontrée au Muséum d'histoire naturelle, a répondu Janina. J'ai dû bien le secouer pour obtenir ces informations, mais il m'a tout avoué avant que je l'enferme dans le coffre. Comment, après avoir fait la connaissance de cette petite fouineuse de Française et obtenu son numéro de téléphone, il l'a retrouvée à son hôtel minable et lui a tout raconté à propos de cet escroc de Leroy.

– Tu sais que Leroy n'a rien volé, lui a fait remarquer l'autre méchant. Tu sais parfaitement que tu as tout inventé. Et tu sais tout aussi bien que tu vas perdre beaucoup de millions si cette affaire ne se fait pas.

– Ferme-la, Louis, a rétorqué Janina.

Je connaissais maintenant le prénom de l'autre méchant, qui était néanmoins la seule personne susceptible de me protéger ici.

– Cette gamine n'est que ça : une gamine, a continué Louis. Et française. À qui veux-tu qu'elle envoie cette vidéo ? Au *New York Times* ? Laisse-la partir. C'est la meilleure des solutions. Sauf si tu veux t'attirer encore plus d'ennuis.

Janina a commencé à marcher de long en large. Je voyais, derrière ses yeux, ce qu'elle pensait :

« Si ce bâtiment n'est pas démoli à 17 heures, je ne perds pas 20 millions de dollars mais 40... »

Puis elle m'a dévisagée d'un air mauvais, en brandissant ma tablette pour que je puisse lire la traduction de ce qu'elle disait.

– Voilà le marché, Aurore. Je garde ça. En échange de quoi, je te laisse partir. Mais attention ! Si tu dis quoi que ce soit à qui que ce soit, nous te retrouverons et tu ne repartiras jamais de New York. Si tu vas voir la police, Bobby disparaîtra pour toujours. Je pense que tu as envoyé la vidéo à quelqu'un. Mais écoute bien : si elle est diffusée, Bobby meurt !

Louis s'est brusquement interposé entre elle et moi.

– Laisse-la partir maintenant !

J'ai secoué la tête, pris mon élan et tenté de foncer sur Janina, dans l'espoir de récupérer ma tablette. Louis m'a retenue par l'épaule en disant :

– Écoute, petite... Je ne sais pas si tu me comprends ou pas, mais là, tu ne peux pas gagner.
– Elle te comprend parfaitement, a dit Janina. Tout comme elle comprend ce que je dis. Igor, amène-la en bas. Donne-lui 100 dollars, mets-la dans un taxi et dis au chauffeur de la conduire au zoo de Central Park. C'est l'autre partie du marché : tu restes à t'amuser au zoo jusqu'à 17 heures. Un de mes hommes va surveiller ton hôtel. Bobby m'a parlé de ta professeure. Si tu tentes de la voir ou même de lui parler avant 17 heures, Bobby meurt. À 17 heures, tu pourras quitter le zoo, prendre un taxi et filer à l'hôtel. Tu pourras t'excuser auprès de ta professeure et lui raconter ta petite histoire, personne ne te croira. Parce que l'immeuble sera détruit et Leroy sous les décombres. Quant à Bobby, il sera enfermé quelque part loin de New York. Tout le monde te prendra donc pour une pauvre gosse détraquée qui invente des trucs délirants. Tu veux que Bobby reste en vie? Ne quitte pas le zoo avant 17 heures. Et tu pourras demander à tes parents de t'offrir une nouvelle tablette.
J'ai regardé Louis. Et j'ai vu ce qu'il pensait :
«J'espère que cette gosse est maligne, parce que Janina est complètement folle et dangereuse. Elle est vraiment prête à tout pour parvenir à ses fins. Même à assassiner son beau-fils. Je devrais aller voir les flics. Mais elle sait que j'ai fait de la prison et que j'ai deux gosses... Comment j'ai fait pour me retrouver dans ce pétrin?»

Janina m'a lancé :
– Arrête de regarder cet abruti d'ex-taulard. Regarde-moi. Tu as compris le marché que je viens de te proposer ? Tu as compris que si tu tentes de prévenir la police ou de retrouver ta prof à l'hôtel, tu signes l'arrêt de mort de ton nouvel ami, Bobby ?
J'ai hoché la tête. Je faisais face à une situation terrible. Comment sauver Leroy, s'il était toujours en vie après le coup qu'ils lui avaient mis sur la tête, et comment sauver Bobby ? Surtout s'ils avaient l'intention de démolir l'immeuble à 17 heures…
– Emmène-la ! a ordonné Janina à Igor.
J'ai de nouveau regardé Louis, dans l'espoir insensé qu'il me vienne en aide, mais il s'est contenté de secouer la tête et de me dire :
– Désolée, petite, mais j'ai les mains liées. Fais ce qu'elle te demande et de mon côté je vais m'assurer qu'il n'arrive rien à Bobby.
– La ferme ! lui a lancé Janina avant de serrer ma tablette sous son bras et de faire signe à Igor de m'emmener avec lui.
Igor m'a fait descendre l'escalier en me tenant fermement par l'épaule. La porte de l'appartement de Leroy était grande ouverte et, quand on est passés devant, j'ai vu ses jambes étendues sur le sol. Igor m'a poussée. Puis on s'est retrouvés dans la rue. Le troisième méchant montait la garde à côté d'une grosse voiture noire. J'entendais

quelqu'un donner des coups de pied à l'intérieur. À l'intérieur du coffre. Bobby ! Igor, en voyant mon air effrayé, m'a fait un grand sourire horrible, puis il a dit quelque chose à l'autre méchant dans une langue que je ne connaissais pas. Bobby continuait de taper sur le capot du coffre. Il était vraiment enfermé dedans ! Igor a sorti une grosse liasse de billets de banque et en a compté cinq de 20 dollars chacun. Cent dollars ! Josiane, qui m'a appris les tables de multiplication, aurait été fière de moi. Puis il a levé la main pour héler un taxi. Une voiture s'est arrêtée, il a ouvert la portière et m'a fait signe d'entrer. J'ai obéi. Il a ensuite toqué à la vitre du conducteur, qui s'est baissée, puis il a dit quelque

chose au chauffeur en lui donnant de l'argent, avant de s'adresser à moi sur un ton qui m'a fait froid dans le dos. Je n'ai rien compris, parce que je n'avais plus ma tablette. Mais quand quelqu'un vous parle, même si on ne connaît pas sa langue, on est capable de deviner plus ou moins ce qu'il raconte. Le message d'Igor devait ressembler à ça :

– N'oublie pas, la Française : fais ce qu'on t'a dit de faire et ton petit camarade vivra. Autrement, il meurt !

Puis il a claqué ma portière et le taxi a démarré.

Je me suis adossée au siège et j'ai fermé les yeux. Je n'arrêtais pas de penser à Bobby, à Leroy, et à Diane qui devait être terriblement inquiète. Je me disais que je devais filer à l'hôtel et appeler tout de suite la police. Mais sans ma tablette, je ne pouvais pas parler ! Je n'avais aucun numéro de téléphone pour envoyer le moindre texto ! Je me souvenais que l'hôtel était situé sur Broadway et la 104e Rue. Mais si j'arrivais avant 17 heures, Janina saurait tout de suite que je n'avais pas respecté ses ordres – elle avait dit qu'il y aurait quelqu'un pour la prévenir –, et elle tuerait Bobby !

J'ai rouvert les yeux. Le chauffeur me regardait dans son rétroviseur. Se demandait-il pourquoi j'étais si inquiète, si terrifiée ? Pourquoi un homme en costume m'avait brutalement mise dans son taxi devant un immeuble branlant avant de lui donner de l'argent pour m'emmener loin de là ? J'avais envie de lui demander de me

conduire à la police. Mais je ne pouvais pas parler ! Et si j'allais à la police, Janina le saurait, et alors…
Que pouvais-je faire ?
J'ai subitement compris que je n'avais qu'une solution : aller là où j'étais capable de parler, là où j'avais une amie qui pourrait m'aider à prendre la bonne décision. J'ai donc fermé les yeux, je me suis bouché les oreilles et j'ai dit le fameux mot : « Sésame ! »

Et quand j'ai rouvert les yeux…
C'était le début de l'après-midi. J'étais de nouveau au café avec Aube. Le café de Saint-Germain-des-Prés où on sert un si bon chocolat. Le café où Aube passe son temps en compagnie du chat des lieux : Avocat !
– Je me demandais ce que tu devenais ! m'a dit Aube.
– J'étais à New York !

– Veinarde ! C'était ton rêve d'y aller.
Avocat est arrivé pour frotter sa tête contre la mienne.
– Tu m'as manqué, a-t-il déclaré. Mon maître Sartre disait que tous les Américains sont fous.
– Ton maître Sartre se plaignait tout le temps de tout le monde, a observé le serveur arrivé à notre table. Surtout des Américains ! Mais moi, j'aime les Américains !
– Moi aussi, ai-je répliqué. Sauf les méchants.
– Il y a des méchants partout, a fait remarquer Aube.
– Et tout le monde a un bon et un mauvais côté, a ajouté Avocat. La question est de savoir lequel, en chacun de nous, l'emporte.
– Toujours philosophe, Avocat ! s'est exclamé le serveur. Bon, Aurore, je t'apporte un chocolat ?
– J'adorerais ! Mais je suis vraiment pressée…
– Dommage, a répliqué le serveur en s'en allant. Ce sera pour la prochaine fois.
– Pourquoi es-tu pressée ? m'a demandé Aube.
Je leur ai alors raconté l'histoire de Bobby, de Leroy, de l'horrible Janina et de son cousin Igor.
– Je me suis toujours méfié des Igor, a dit Avocat. C'est le nom de tellement d'acolytes diaboliques.
– Mais à côté de ta Janina, on dirait un ange ! s'est exclamée Aube.
– Que dois-je faire ? ai-je demandé à mes amis. D'habitude, je sais toujours, mais là…

– Dans la vie, a répondu Avocat, on se trouve parfois face à un choix terrible : céder aux menaces des autres, à leurs intimidations… ou faire ce qui nous paraît juste.
– Mais, Avocat, a fait remarquer Aube, tu sais très bien que si Aurore prévient la police, ou si elle va à son hôtel, quelque chose d'affreux risque d'arriver à son ami.
Avocat a réfléchi un moment. Puis il a dit :
– En tant que philosophe et en tant qu'avocat – d'où crois-tu que je tienne mon nom ? – voilà ce que je te conseille : le meilleur moyen d'affronter une brute ou un tyran, c'est d'être plus malin que lui. Si tu ne peux

pas prévenir la police ni retourner à l'hôtel, vers qui, à New York, peux-tu te tourner?
– Je vous ai parlé de cet homme gentil, Sal, qui nous a conduites en ville depuis l'aéroport et qui m'a donné sa carte. C'est à lui que j'ai envoyé la vidéo d'Igor frappant Leroy et de Janina menaçant Bobby. Mais sans ma tablette, comment lui parler?
– Tu dois retourner à New York et attendre devant le zoo l'heure d'ouverture, a répondu Avocat. Trouve alors quelqu'un avec un téléphone ou une tablette et qui parle français.
– Mais c'est New York! ai-je protesté. Ils ne parlent qu'anglais!
– Ou bien trouve quelqu'un avec un stylo et un carnet, a proposé Aube. Écris : «Je suis perdue. J'ai besoin de votre téléphone.» S'ils ne comprennent pas le français, explique avec des gestes que tu veux envoyer un SMS.
– Bonne idée! me suis-je exclamée. Comme ça je pourrai contacter Sal. Mais qu'est-ce que je fais ensuite? Je n'ai que quelques heures avant la démolition de l'immeuble. Comment l'empêcher?
– Voici mon conseil, Aurore, a dit Avocat. Tu es détective. Remonte la piste de l'argent. Tu comprends ce que ça veut dire?
– Qu'il faut trouver qui est derrière tout ça? Autrement dit : qui paye pour la démolition de l'immeuble?
– Exactement! a approuvé Avocat.

– Mais c'est l'affreuse Janina qui dirige le projet !
– Oui, a reconnu Avocat. Mais avec l'argent de qui ?
– Celui de son mari, c'est lui qui est riche, ai-je dit. Et c'est aussi le papa de Bobby !
– Exactement, a répété Avocat.
– Je dois donc le trouver. Mais je ne sais rien de lui, sauf qu'il est le papa de Bobby. Je n'ai pas ma tablette. Je ne peux ni parler ni traduire… ni rien !
– Demande à Sal de t'aider ! a répliqué Avocat. Et dépêche-toi de découvrir à qui appartient l'immeuble et de quelle façon joindre le père de Bobby.
Aube m'a posé la main sur l'épaule et m'a dit :
– Il est encore très tôt à New York et tu es debout depuis 4 heures et demie du matin. Tu devrais vraiment boire un chocolat. Tu vas être affamée, sinon.
J'ai entendu une voix que je ne connaissais pas. Une voix venue d'ailleurs et qui parlait dans une langue que je ne comprenais pas.
La voix du chauffeur de taxi ! J'ai écarquillé les yeux.
– Je n'ai pas le temps de boire un chocolat. Je dois retourner dans le Monde dur. Surtout que je n'ai que quelques heures pour essayer de sauver Bobby, Leroy et l'immeuble où il habite !
– Je peux venir ? m'a demandé Aube. On résout toujours bien les affaires, toutes les deux.
– Ça va m'inquiéter que tu sois là-bas, ai-je répondu. Surtout que ces méchants ont des armes.

– Ça m'inquiète aussi, a dit Avocat. Je crois que c'est une affaire qu'elle doit résoudre toute seule !

J'ai de nouveau entendu la voix du chauffeur de taxi.

J'ai serré Aube dans mes bras. Quand j'ai voulu faire la même chose à Avocat, il s'est écarté. Alors je l'ai caressé. Il a ronronné et il m'a dit :

– S'il te plaît, fais attention ! On veut te revoir ici.

Aube m'a retenue par le bras :

– J'aimerais mieux que tu restes avec nous, en sécurité.

– Je n'ai pas le choix, ai-je répondu. Mais je reviens dès que je peux !

Les doigts enfoncés dans mes oreilles, j'ai répété trois fois la formule : « Retour aux problèmes ! »

Seulement, cette fois, je savais que les problèmes en question étaient les plus dangereux que j'avais jamais eus à affronter !

De nouveau la voix insistante du chauffeur.

J'étais de retour dans le Monde dur, à New York, au fond du taxi.

J'ai ouvert les yeux. J'avais l'impression d'avoir dormi longtemps. C'est un des merveilleux effets d'un séjour à Sésame. Même si je n'y reste que quelques minutes, le fait de pouvoir parler, d'avoir une très bonne amie, que personne là-bas n'ait de problème ou ne soit fâché contre quelqu'un, c'est très reposant et réconfortant. J'en reviens chaque fois prête à affronter toutes les difficultés du Monde dur.

Le chauffeur me parlait encore.

Je l'ai regardé d'un air perdu. Je ne savais pas du tout ce qu'il disait. Mais j'ai vu l'entrée du zoo et j'ai compris où il m'avait amenée. J'ai ouvert la bouche pour dire « Merci ». Mais aucun son n'en est sorti. Parce que, comme d'habitude, je n'avais pas de mots.

Il m'a tendu de l'argent en me disant quelque chose. Je lui ai fait signe de le garder.
– Merci, petite. Tu n'es pas un peu en avance pour une balade au zoo ?
C'est en tout cas ce que j'ai supposé qu'il me disait. Parce qu'il était encore très tôt et que les portes du zoo étaient fermées. Mais comme je n'avais pas ma tablette, ni de montre, je ne savais pas l'heure qu'il était. Je me sentais très seule et terrifiée. Je n'avais pas besoin de savoir l'heure pour comprendre que si je ne trouvais pas rapidement quelqu'un avec un téléphone ou une tablette, je n'aurais bien vite plus le temps de faire quoi que ce soit pour Bobby et Leroy !
Je suis descendue de voiture en faisant au revoir de la main au chauffeur et me suis retrouvée sur le trottoir. Un peu plus loin, j'ai vu une dame qui ressemblait à une grand-mère avec un chien. Elle avait un téléphone à la main. Génial ! J'ai marché vers elle en essayant de sourire malgré mon angoisse. Elle m'a regardée avancer en plissant les yeux. Quand je lui ai fait signe que j'aimerais beaucoup me servir de son téléphone, elle m'a dévisagée comme si j'étais folle ! Vu que je ne comprenais pas ce qu'elle me disait, je me suis basée sur sa façon de me parler pour interpréter ses paroles :
– Tu crois que je vais prêter mon téléphone à quelqu'un d'aussi bizarre que toi ? Rentre chez toi !

Elle est partie avec son chien. J'ai aperçu un homme en costume cravate, une grosse mallette à la main et un téléphone dans l'autre. J'ai essayé d'attirer son attention. En vain. Puis un garçon est arrivé, il poussait un chariot et vendait quelque chose appelé « Hot Dogs ». Il n'avait pas de téléphone et il avait l'air de mauvaise humeur. Je n'ai pas bronché. J'ai tout à coup senti une main se poser sur mon épaule. J'ai sursauté en croyant que c'était un des méchants qui m'avait suivie jusqu'ici et s'était aperçu que j'essayais d'emprunter le téléphone de quelqu'un. Je me suis retournée. C'était une femme à l'air doux et gentil, aux cheveux blancs, vêtue d'une longue robe ample et de grosses lunettes marron. Elle avait un vélo et un grand cabas en cuir pendait à son épaule.

– Tu sembles perdue, a-t-elle dit.

Plutôt : j'imaginais que c'était ses mots. J'aimais bien son sourire. J'ai sorti la carte de visite de Sal de ma poche et je la lui ai tendue. Elle l'a regardée.

Elle a mimé le geste de téléphoner. J'ai hoché la tête.

– C'est ton père ?

Je n'ai pas compris et j'ai haussé les épaules.

– Tu ne parles pas ?

Ça, je l'ai compris. J'ai fait pianoter mes doigts dans le vide.

– Oh ! tu veux écrire quelque chose avec mon téléphone ?

Elle a ouvert son sac, sorti son appareil et fait le geste de tapoter sur l'écran en me regardant. J'ai hoché la tête plusieurs fois, avec un immense sourire. Elle a déverrouillé son téléphone et me l'a tendu. Avec mes lèvres, j'ai formé en silence le mot « merci ». Elle a eu l'air déconcertée, alors je l'ai écrit sur l'écran avant de le lui montrer.
– Tu es française? a-t-elle demandé.
Ça aussi, je le comprenais! J'ai acquiescé, puis j'ai écrit :
– Je voudrais que vous appeliez le monsieur de la carte pour lui dire où je suis et lui demander de venir me chercher.
J'avais écrit mon message en français. La dame l'a lu et a souri. Puis elle a écrit quelque chose à son tour et me l'a montré. C'était aussi en français!
– J'ai été à Paris quand j'étais jeune. Je sais seulement quelques mots français, mais je peux traduire. Attends!
Clic. Clic. Clic. Elle a ouvert une appli de traduction instantanée un peu comme celle de ma tablette et a lu mon message en anglais, et cette fois elle a eu l'air un peu contrariée.
Elle a écrit sur son téléphone, a traduit et m'a tendu l'appareil.
– Puis-je te demander comment tu t'appelles?
Voilà de quelle façon nous avons commencé à discuter. De l'anglais au français. Du français à l'anglais. En se servant de l'appli. Je lui ai donné mon nom. Elle m'a dit qu'elle s'appelait Virginia.

– Et cet homme que tu me demandes d'appeler pour toi… (elle a de nouveau plissé les yeux sur la carte de visite) ce Sal… c'est ton père ?

J'ai fait « non » de la tête.

– Je suis désolée d'être aussi indiscrète, mais tu es très jeune, et toute seule dans la rue à une heure très matinale.

– J'ai onze ans ! Ce n'est pas si jeune !

– D'accord. Où sont tes parents ?

– En France. Je suis à New York avec Diane, ma professeure.

– Où est Diane en ce moment ?

– Elle dort à notre hôtel.

– Bon, que fais-tu toute seule à Central Park et… qui est ce M. Sal ?

Je lui ai expliqué que Diane et moi étions invitées pour faire une conférence à l'université Columbia et que Sal était le chauffeur qui nous avait prises à l'aéroport et que…

– J'ai étudié à Columbia ! J'y ai passé mon diplôme d'enseignante. Tu vas vraiment donner une conférence là-bas ?

J'ai hoché la tête.

– Excuse-moi de te poser cette question, mais… si tu ne peux pas t'exprimer, comment vas-tu parler ?

central Park zoo
Et qui est ce M. Sal ?

Je lui ai expliqué la façon dont je me servais de ma tablette pour communiquer, que quelqu'un me l'avait prise et que sans elle j'étais complètement perdue.
– Es-tu en train de me dire qu'on te l'a volée ?
J'ai de nouveau hoché la tête.
– C'est épouvantable. Il faut appeler la police !
J'ai pensé aussitôt : « Non, pas la police ! Si Janina l'apprend – et elle l'apprendra parce que la police ira chez Leroy et que les méchants préviendront Janina –, elle tuera Bobby comme elle a dit qu'elle le ferait ! Mais si je panique, cette gentille dame risque de s'inquiéter et d'appeler pour de bon la police. »
Alors, j'ai écrit :
– Sal va s'occuper de prévenir la police.
Elle n'a pas eu l'air convaincue.
– Allons nous asseoir là-bas, a-t-elle proposé en désignant un banc. Je vais appeler Sal et discuter un peu avec lui.
– Super !
Nous nous sommes assises. Elle m'a demandé la carte de Sal, je la lui ai donnée. Elle l'a de nouveau examinée, puis elle a commencé à composer le numéro en vérifiant plusieurs fois qu'elle ne se trompait pas. J'ai vu ce qu'elle pensait :
« Cette histoire est vraiment très, très bizarre… Et je ne suis pas rassurée de laisser cette enfant à un homme qui n'est pas de sa famille. »

Après plusieurs sonneries, j'ai entendu quelqu'un répondre.

– Salvador Cuccina ? a demandé Virginia.

Elle a collé le téléphone à son oreille et elle s'est lancée dans une longue conversation avec Sal. Une conversation qui a duré plusieurs minutes. Quand elle a raccroché, elle s'est tournée vers moi et elle a écrit sur son téléphone :

– Il est très... New Yorkais ! Mais il a l'air d'être un brave homme. Il m'a dit qu'il vient de déposer un client à Wall Street et qu'il sera là dans une trentaine de minutes, s'il n'y a pas trop d'embouteillages. Il m'a aussi dit qu'il avait reçu ta vidéo, qu'il ne comprenait pas trop de quoi il s'agissait, mais qu'un homme se faisait agresser...

J'ai baissé les yeux. Si je racontais quoi que ce soit à cette gentille dame, Bobby et Leroy risquaient le pire. Elle a eu l'air de comprendre. En tout cas, elle a posé la main sur mon bras et elle a ajouté :

– Tu n'es pas obligée de me raconter. J'ai compris que Sal allait faire tout ce qu'il pouvait pour t'aider. Et d'après lui, le plus urgent, c'est de te trouver une tablette.

– Les méchants m'ont pris la mienne. C'est comme perdre un ami. Parce qu'elle fait partie de moi depuis des années.

Je lui ai parlé de ma précédente professeure, Josiane, de la façon dont elle m'avait appris à parler avec ma tablette.

– En tant que professeure moi-même, a dit Virginia, je trouve que c'est une très belle histoire.
– Josiane était une merveilleuse professeure. Diane est très bien aussi. Mais un peu plus sévère.
– Ce n'est pas mes oignons, mais si elle est sévère avec toi, c'est peut-être pour te faire progresser davantage.
– Elle doit s'inquiéter pour moi, maintenant. J'aimerais pouvoir la rassurer.
– Hum..., a dit Virginia. J'ai une tablette dans mon sac. Tu veux que je te la prête ?
J'ai écarquillé les yeux, pleine d'espoir.
– C'est vrai ? Vous avez vraiment une tablette ?
Elle a fouillé dans son sac et en a sorti une tablette blanche avec une fêlure sur l'écran.
– Je l'ai fait tomber, le mois dernier, c'est pour ça qu'elle est fêlée. Changer l'écran coûte une fortune et les professeurs ne gagnent pas beaucoup d'argent. Mais elle fonctionne parfaitement.
Elle me l'a tendue ! Et elle m'a dit que je pouvais télécharger tous les programmes et toutes les applis dont j'avais besoin pour communiquer.
J'ai serré Virginia dans mes bras.
– Merci !
Je me suis connectée à cet endroit secret dans le ciel où se trouvent toutes mes informations et, en quelques minutes à peine, je les ai récupérées et téléchargées sur la tablette de Ma Nouvelle Amie (comme j'avais décidé

de l'appeler). J'étais de nouveau capable de m'exprimer ! Et je pouvais traduire du français à l'anglais ! Et me servir de la voix pour parler tout haut en anglais ! Et j'avais tous mes contacts. J'ai donc envoyé un mail à Diane pour lui dire que j'allais bien, que j'étais vraiment, vraiment désolée d'avoir disparu au milieu de la nuit, mais que j'étais obligée de résoudre une affaire très grave ici, à New York. Et que si elle voyait des hommes en costume noir devant l'hôtel, qu'elle m'envoie tout de suite un texto. Mais qu'elle n'appelle surtout pas la police.

Quelques secondes plus tard, elle m'a répondu :

> Aurore ! Tu es complètement folle ? Je suis morte d'inquiétude depuis que je me suis réveillée, il y a une demi-heure ! Surtout que le réceptionniste m'a dit que Bobby avait débarqué au beau milieu de la nuit et que tu t'étais volatilisée avec lui ! Résoudre une affaire à New York ? Qu'est-ce que tu racontes ! Reviens immédiatement ! Si je n'ai pas de tes nouvelles dans la seconde, j'appelle tes parents !

Mon visage a dû se décomposer, parce que Virginia m'a demandé :

– Mauvaise nouvelle ?

Je lui ai traduit le message de Diane.

– Tu résous vraiment une affaire, Aurore ?

– Absolument. Parce que c'est ce que je fais : résoudre des affaires.
Au même instant, j'ai vu Sal arriver en agitant la main. Il était en compagnie d'un homme grand et mince, vêtu d'un blouson et d'une cravate.
– Salut, Aurore ! m'a dit Sal. Et vous devez être la bonne Samaritaine Virginia.
– Virginia suffira, a répondu Virginia en souriant. Je suis ravie de vous voir, Sal.
– Elle m'a prêté sa tablette ! ai-je dit à Sal avec la voix de la tablette.
– Tu peux la garder jusqu'à ce que tu retrouves la tienne, m'a dit Virginia.
– Vraiment ?
– Vraiment.
Je l'ai serrée de nouveau dans mes bras.
– Vous êtes tellement gentille !
– Toi aussi, Aurore !
– Si vous me donnez votre adresse, Virginia, je vous rapporterai votre tablette dès qu'Aurore aura récupéré la sienne, a dit Sal.
Le grand monsieur mince a parlé pour la première fois.
– Et on va la récupérer, Aurore.
– Et quand mon cousin Jerry déclare qu'il va récupérer quelque chose, il le récupère, a affirmé Sal. Vous savez pourquoi il en est si sûr ?

Jerry a sorti un badge de sa poche. Un badge où il était écrit NYPD, et dessous, en petites lettres : New York Police Department.
– Je suis l'inspecteur Jerry Frescobaldi.
J'ai sorti mon propre badge, que j'avais réussi à détacher de ma tablette avant que Janina et les méchants me l'arrachent, et je l'ai tendu.
– Et je suis l'inspectrice Aurore !

je suis l'inspectrice Aurore !

Sal avait laissé sa voiture à l'entrée du parc. Quand nous sommes allés la chercher, après avoir dit au revoir à Virginia – je l'ai encore serrée dans mes bras –, un policier en uniforme était en train de surveiller son enlèvement par un camion de la fourrière.

– Eh, vous ne pouvez pas faire ça ! a crié Sal.

– Vous vous êtes mal garé, je peux faire ce que je veux.

L'inspecteur Jerry a sorti son badge.

– Nous sommes sur une affaire.

– Ce n'est pas un véhicule officiel, a observé le policier. Et je ne vois aucun insigne à l'intérieur.

– Vous avez entendu parler de l'expression « en civil » ?

– Je connais le terme et je sais ce que ça veut dire. Vous me prenez pour un imbécile ?

– Vous tenez vraiment à connaître ma réponse ? a rétorqué l'inspecteur Jerry. Dégagez-moi cette remorqueuse tout de suite. Nous sommes sur une affaire urgente.

Il fixait le badge de l'agent de police et je le voyais noter mentalement son matricule. Le policier s'en est aussi aperçu et il a fait signe aux agents de la fourrière de libérer la voiture de Sal.
– Désolé, inspecteur, a-t-il dit.

– J'espère bien, a répliqué Jerry en fronçant les sourcils.
Cinq minutes plus tard, nous remontions Park Avenue à toute allure. L'inspecteur Jerry m'a demandé de lui donner l'adresse où Bobby m'avait amenée. Ce que j'ai aussitôt fait : c'était à l'angle de la 104e Rue et de la 3e Avenue.
– Tu as une sacrée mémoire, Aurore, m'a-t-il dit.
Il pensait aussi la chose suivante :
« Pourquoi ai-je l'impression que cette gamine travaille avec la police française pour une raison précise, qu'elle ne me dit pas ? »

– Les inspecteurs ont besoin d'avoir une excellente mémoire, inspecteur Jerry ! ai-je répondu.
– OK, inspectrice Aurore… Maintenant, étant donné que notre temps est compté, tu ferais bien de me raconter tout ce que tu sais de cette affaire.
Grâce à la voix, je lui ai tout dit : ma rencontre avec Bobby près du brontosaure au Muséum d'histoire naturelle, son arrivée à mon hôtel au beau milieu de la nuit, sa séquestration par Janina dans le coffre de la voiture, l'agression de Leroy, le vol de ma tablette par Igor et la menace de Janina de tuer Bobby si j'allais voir la police…
– Elle l'a vraiment enfermé dans le coffre de sa voiture ? a demandé Sal.
– Je ne crois pas qu'Aurore inventerait une infraction de cette gravité, a fait observer l'inspecteur Jerry.
– Est-ce que j'ai dit qu'elle inventait ? s'est indigné Sal.
– C'est moi qui pose les questions ici, d'accord ?
– Toujours à jouer du galon, a bougonné Sal.

– Et toi, toujours à fourrer ton nez partout, a répliqué Jerry.

Au même instant, je l'ai vu penser :

« Comme quand on avait sept ans et que tu as plongé la tête la première sur mon gâteau d'anniversaire ! Avant même que j'aie eu le temps de souffler les bougies ! »

– Ne fais pas attention à nous, Aurore, m'a dit Sal. On n'est que deux crétins du Queens qui passent leur temps à se chamailler.

– Parle pour toi ! a lancé l'inspecteur Jerry avant de m'interroger de nouveau. Bobby t'a donné son nom de famille ?

– Non. Il m'a seulement dit qu'il habite sur la 5e Avenue, qu'il va dans une école super chère et pas très cool, qui s'appelle Collegiate, que son papa gagne beaucoup d'argent parce qu'il construit des hôtels et que sa belle-mère Janina n'est pas sympa du tout.

L'inspecteur pianotait sur son téléphone.

– T'envoies un texto à la folledingue que tu fréquentes, maintenant ? lui a demandé Sal, avant de se tourner vers moi. Mon cousin adore les tarées.

– N'écoute pas cet imbécile, m'a dit l'inspecteur Jerry. Je cherchais ça...

Il m'a tendu son téléphone qui affichait la photo d'une blonde platine. En maillot de bain ! Avec un grand sourire. Et des dents incroyablement blanches !

– Ça te dit quelque chose ?

– Fais voir, a demandé Sal en tordant le cou vers son cousin.
– Regarde la route ! l'a enguirlandé l'inspecteur Jerry.
Puis il m'a demandé :
– Est-ce que c'est la femme à laquelle tu as eu affaire ? Celle qui a dirigé l'opération, fait frapper cet homme et confisqué ta tablette ?
– Oui, c'est elle, mais elle a l'air plus vieille, maintenant. Comment savez-vous que c'était elle ?
– Janina Leonard fait partie de ces New Yorkais pleins aux as, tape-à-l'œil, et qui se comportent comme si la ville était à eux. Elle a aussi la réputation d'écraser quiconque se dresse en travers de sa route.
– On dirait Marie-Antoinette, a dit Sal.
– Je ne crois pas que Marie-Antoinette était mannequin avant d'épouser Louis XVI, a rétorqué l'inspecteur Jerry.
– Oh, mais vous connaissez l'histoire de France !
J'ai interrogé Google pour trouver d'autres photos de Janina. Puis j'ai tapé « beau-fils » et une photo de Bobby est apparue sur l'écran ! J'ai découvert que son père s'appelait Leo Leonard. C'était un homme très grand, imposant, avec une drôle de chevelure blonde, qui ressemblait aux poils d'un balai-brosse.
– Voilà Bobby et son papa ! ai-je dit en brandissant la photo que j'avais trouvée sur la tablette de Ma Nouvelle Amie.

Tandis que l'inspecteur Jerry l'examinait, je l'ai vu penser :
« Rapide, la gamine. Comment fait-elle pour se débrouiller comme ça ? »
– Bon, je sais maintenant à quoi ressemble ton camarade, a-t-il dit. Et tu viens de faire la connaissance du célèbre Leo Leonard. Un type qui se prend pour Dieu.
– Avec un ego aussi démesuré que les hôtels qu'il construit, a ajouté Sal.
– C'est quoi, un ego ?
– C'est croire que tu vaux mieux que tout le monde, a répondu Sal.
En arrivant à l'angle de la 104e Rue et de la 3e Avenue, on a vu cinq personnes au pied de l'immeuble. Je les ai tout de suite reconnues : Igor, Louis, le troisième méchant qui gardait la voiture dans le coffre de laquelle se trouvait Bobby, un autre homme (plus vieux, avec un menton proéminent, en costume noir) et Janina. J'ai immédiatement prévenu l'inspecteur Jerry, qui a arrêté la voiture.
– Ils sont encore tous là, tous les méchants… plus un.
– Couche-toi sur le sol, Aurore ! m'a dit Jerry tandis qu'Igor et l'autre méchant approchaient de la voiture.
– Il y a une couverture à l'arrière, a soufflé Sal. Sers-t'en pour te cacher !

Je me suis aussitôt jetée par terre en attrapant la couverture pour la faire glisser sur moi. J'ai entendu quelqu'un toquer contre la vitre. Puis une voix. Celle d'Igor.

– Je peux vous aider, les gars ?

– Ouais, a répondu l'inspecteur Jerry. On aimerait discuter avec ta boss.

– Ma boss n'est pas là, a répondu Igor.

– Si, elle est là, juste derrière : Janina Leonard, a dit l'inspecteur Jerry.

– Elle ne parle à personne, a répliqué Igor.

– Je crois bien qu'elle va me parler, à moi.

– Je vous conseille de partir... Sinon, ça risque de chauffer pour vous.

J'ai entendu l'inspecteur Jerry sortir quelque chose de sa poche. Ça devait être son badge, parce qu'il a dit :

– Savez-vous que menacer un officier de police est passible de prison ?

J'ai entendu la portière s'ouvrir et se fermer. J'ai voulu me redresser, mais Sal m'en a empêchée.

– Reste planquée, Aurore. Ils rôdent autour de la voiture, en se demandant ce qui se passe.

Plusieurs minutes se sont écoulées. Je savais que je devais écouter Sal et rester sous la couverture jusqu'à ce qu'il me dise d'en sortir. La portière a fini par se rouvrir et l'inspecteur Jerry s'est assis. Il n'avait pas l'air content.

– Tu as raison, Aurore. Cette femme est détestable. Son avocat et elle m'ont empêché d'entrer dans l'immeuble.

Quand j'ai demandé où était Bobby Leonard en ce moment, son avocat m'a dit : un, que je n'avais pas le droit d'ouvrir le coffre parce que je n'avais pas de mandat de perquisition ; deux, que je n'avais pas le droit d'entrer dans l'immeuble parce que je n'avais pas de mandat de perquisition. Ce qui, d'après la loi, j'en ai bien peur, est exact. Il nous faut donc trouver un juge et obtenir ces papiers. Et on a intérêt à se dépêcher, parce que, comme tu nous l'as dit, ils ont l'intention de démolir l'immeuble à 17 heures.

J'ai bondi sur le siège.

– Ça ne va pas ! s'est exclamé l'inspecteur Jerry. Ils vont te voir !

– Justement ! ai-je répliqué en appuyant sur le bouton pour faire descendre la vitre de ma fenêtre.

Janina était à une dizaine de mètres de moi. J'ai braqué les yeux sur elle et j'ai vu exactement ce qu'elle pensait. J'ai dit à Sal et à l'inspecteur Jerry :

– Elle ne va pas démolir l'immeuble à 17 heures mais à 13 heures ! Et Leroy est à l'intérieur, ligoté et bâillonné ! L'immeuble va s'écrouler sur lui et l'enterrer vivant !

L'inspecteur Jerry m'a regardée, les yeux écarquillés.

– Comment sais-tu tout ça, Aurore ?

– Je le sais, c'est tout !

Ce n'était pas le moment d'expliquer mon pouvoir magique.

Janina m'avait vue en train de la regarder. Elle a foncé vers moi, ses yeux lançaient des éclairs. J'avais intérêt à réfléchir très vite.
– J'ai une idée ! ai-je dit. Ça m'oblige à enfreindre la loi, mais ça pourrait sauver Bobby et Leroy.
– Je t'écoute, m'a dit l'inspecteur Jerry. Mais dépêche-toi parce qu'elle arrive.
J'ai parlé à toute allure et, à la fin, l'inspecteur Jerry et Sal ont échangé un regard.
– C'est un plan, a dit Sal. Même si c'est illégal.
– Oui, un juge pourrait bien décider de t'envoyer en prison, a ajouté l'inspecteur Jerry. Mais il ou elle pourrait aussi comprendre pourquoi c'était indispensable.
Il m'a regardée.
– Vas-y, Aurore, fais-le !
J'ai hoché la tête et je me suis tournée vers Janina. Elle était maintenant à moins d'un mètre de moi. Les yeux remplis de haine, son téléphone à la main et gesticulant dans tous les sens, elle hurlait :
– Si tu crois que tu vas t'en sortir comme ça, espèce de sale petite fouineuse…
Sa main qui tenait son téléphone était tout près de mon visage. J'ai tendu le bras et je l'ai attrapé. Aussitôt Sal a démarré sur les chapeaux de roues.
Janina a hurlé derrière nous :
– Tu es morte, Aurore ! Morte !

La voiture a tourné au coin de la rue, s'est engagée dans la 105e, puis a foncé sur Park Avenue. L'inspecteur Jerry, déjà au téléphone, prévenait son commissariat.

– Une intervention dans le secteur de la 3e Avenue. Entre la 104e et la 105e Rue. Deux personnes seraient retenues en otage. L'une d'elles est dans un immeuble dont la démolition est programmée pour aujourd'hui. Annoncée à 17 heures, elle a toutes les chances de se produire avant. La propriétaire et son avocat sont sur place et interdisent l'accès aux lieux. Besoin urgent de mandat de perquisition. C'est-à-dire dans l'heure!

Après, il s'est tourné vers moi.

– Maintenant, ma chère collègue, il va falloir être franche avec moi. Comment as-tu deviné ce que cette femme avait dans la tête? Et ne me dis pas, s'il te plaît, que tu as tout inventé. Lui arracher son téléphone comme ça pourrait me coûter mon badge, et te valoir la prison.

Je lui ai donc expliqué que je pouvais voir derrière les yeux des gens.

– Et tu espères que je vais te croire ? m'a-t-il demandé.

Il y avait beaucoup de bruit dehors : des camions de pompiers passaient toutes sirènes hurlantes. Alors j'ai monté le son de la voix pour être certaine que l'inspecteur Jerry m'entende.

– Voilà exactement ce que vous êtes en train de penser, maintenant : « Leo Leonard est une des plus puissantes pourritures de New York, et si cette satanée petite Française – surveille ton langage, Jerry – ne me dit pas la vérité, il va se faire un plaisir de m'envoyer coller des amendes à Staten Island. »

Il m'a regardée comme si je venais d'une autre planète.

– Elle a touché dans le mille ? a demandé Sal.

L'inspecteur Jerry a hoché la tête.

– Comment s'appelle la folledingue avec laquelle il sort ?

– January, ai-je répondu. Et il s'inquiète de savoir ce qui va se passer si jamais elle découvre qu'il a pris un verre, l'autre jour, avec son ex-femme...

– C'est bon ! a crié l'inspecteur Jerry. Ça suffit !

– Elle est drôlement douée ! s'est exclamé Sal.

– Mais comment tu fais ça ? m'a demandé l'inspecteur Jerry.

L'inspecteur Jerry
Leo Leonard
janina

– C'est un pouvoir magique. Je suis née avec, et je ne sais pas du tout pourquoi.
– Pas étonnant que les flics français t'aient nommée inspectrice ! C'est un truc dingue !
– Dangereux aussi, a dit Sal. Surtout quand il est question de la vie privée tordue de mon cousin !
– Ne l'écoute pas, Aurore. Il a été marié à la même femme longtemps et ils ne s'adressent plus la parole aujourd'hui.
– Est-ce qu'on peut réfléchir à la meilleure façon d'obliger Leo Leonard à me rencontrer ? ai-je demandé.
– Oh, voyez donc Mademoiselle La Boss ! s'est esclaffé Sal.
– Elle en a peut-être ras le bol d'écouter tes sornettes de vieux débris du Queens, a ironisé l'inspecteur Jerry. Quel est ton plan, Aurore ?
– Envoyer un texto à Leo Leonard, en me faisant passer pour Janina et en lui demandant de me retrouver de toute urgence.
– Excellent, a approuvé l'inspecteur Jerry. Mais où lui donner rendez-vous sans lui mettre la puce à l'oreille ?
– Il ne possède pas le vieux bâtiment de la Pan Am, en face de la gare de Grand Central ? a demandé Sal.
– Si, j'ai aussi vu ça quelque part, gros malin, a dit l'inspecteur Jerry. Parfait, Aurore, on peut tenter le coup. Il n'y a qu'un hic : comment vas-tu t'y prendre pour pirater le téléphone de cette femme diabolique ?

– Bobby m'a donné son code !
– Excellent ! a crié Sal. On t'écoute !
– C'est 25/12/75 : sa date de naissance.
– Dis donc, elle ne fait pas son âge ! a gloussé Sal.
– Tu ne voudrais pas la mettre en sourdine, pour changer ? lui a lancé l'inspecteur Jerry.
– Je peux tenter le code ? ai-je demandé.
– Vas-y !
J'ai tapé lentement les chiffres et le téléphone s'est aussitôt déverrouillé.
– Ça marche ! me suis-je écriée avant d'aller voir les textos.
Il y en avait beaucoup d'Igor, mais je ne pouvais pas les déchiffrer. Il y en avait aussi quelques-uns envoyés à son mari.
– Je peux voir, s'il te plaît ? m'a demandé l'inspecteur Jerry.
Je lui ai donné l'appareil.
– Nom d'un chien ! a-t-il marmonné en parcourant les textos. Tu es sûre de ce que t'a dit Bobby, que cet Igor est son cousin ?
– Oui.
– Tu parles d'un cousin ! Il m'a tout l'air d'être son chéri, oui !
– Tu rigoles ? a dit Sal.
– Et pourquoi je rigolerais ?
– Dites, vous savez qu'on a une urgence, là !

L'inspecteur Jerry s'est tourné vers moi.
– Tu crois peut-être qu'on ne pense pas à Leroy, ligoté dans cet immeuble ni à Bobby dans le coffre de la voiture ? Ce n'est qu'une façon de rester zen au milieu de la tempête. Je sais parfaitement que le temps nous est compté. Quelles sont tes suggestions, inspectrice ?
– Envoyer un texto de la part de Janina à Leo Leonard, lui disant qu'elle a un gros problème et qu'elle a besoin de le voir immédiatement. Puis on file à son bureau et, dès qu'il en sort, on le coince.
– Bonne idée, inspectrice. Seulement, j'ai le sentiment que Leonard et sa femme ne filent pas le parfait amour. Lui dire qu'elle a besoin de lui parce qu'elle a un problème…
– On n'a qu'à prétendre que l'urgence concerne son fils ! ai-je répliqué. Même si Bobby m'a dit que son père ne s'occupait pas beaucoup de lui, je ne l'imagine pas indifférent à ce point !
– Ce type est un monstre d'égoïsme, a dit Sal. Il n'a pas de cœur. Tout le monde le sait.
– Mais s'il croit que le danger que court son fils peut nuire à son image, il pourrait bien réagir, a dit l'inspecteur Jerry. Que penses-tu de cette stratégie, Aurore ?
– Génial ! Qu'est-ce qu'on écrit ?
L'inspecteur Jerry a commencé à taper un message. Puis, après avoir plusieurs fois changé quelques mots, il a dit :

– D'après ses autres messages, elle commence toujours ses textos à son mari par « Chéri ». Alors voilà ce que je propose : *Chéri, Bobby a de très sérieux ennuis, je dois te voir tout de suite. Je suis en route vers ton bureau. Rendez-vous en bas dans 10 min !* Qu'en penses-tu ?
– C'est parfait. Et désolée de ma réaction de tout à l'heure. Je m'inquiète vraiment pour Bobby et Leroy.
– On s'inquiète tous, a répondu l'inspecteur Jerry en envoyant le message. Et tu sais, inspectrice, ta capacité à t'excuser quand tu penses avoir peut-être eu tort est quelque chose que j'apprécie beaucoup. Admettre qu'on a pu se tromper, c'est une grande force, Aurore.
Drrr... Drrr... Drrr...
Le téléphone de Janina vibrait !
– Nom d'un chien ! a dit l'inspecteur Jerry en fixant l'écran. C'est Leo Leonard.
– Ne réponds surtout pas ! s'est écrié Sal.
– Tu me prends pour un abruti ?
La sonnerie s'est arrêtée et l'inspecteur Jerry en a profité pour envoyer un autre message, qu'il nous a lu.
– Chéri, la situation est trop grave pour en parler au téléphone. Nous risquons une catastrophe médiatique.
– Qu'est-ce qu'une catastrophe médiatique ? ai-je demandé.
– C'est quand ton image est attaquée dans les médias, a répondu l'inspecteur Jerry. Pour un requin tel que Leo Leonard, l'image est primordiale.

Un texto est arrivé sur le portable de Janina ! L'inspecteur Jerry l'a lu et a fait un grand sourire.
– Il va la retrouver... pardon ! nous retrouver en bas dans quelques minutes. On l'a eu !
Au même instant, un message est arrivé sur la tablette de Ma Nouvelle Amie. C'était Diane, et elle était très en colère.

Aurore ! Tu ne m'as pas laissé le choix. J'ai dû contacter tes parents pour leur dire ce qui se passe. Ils sont furieux. Ta mère m'en veut tellement de t'avoir laissée te balader en ville au beau milieu de la nuit qu'elle m'a renvoyée ! Ce qui m'inquiète le plus, c'est de ne pas savoir où tu es ni quels risques insensés tu cours. Si je n'ai pas de nouvelles de toi dans cinq minutes, je serai obligée de prévenir la police ! Réponds-moi immédiatement et reviens à l'hôtel tout de suite !

Oh ! non... Si Diane appelait la police, Janina l'apprendrait, et on n'allait pas retrouver Bobby ni Leroy...
– Inspecteur, j'ai un problème. Un problème avec ma professeure.
– On a tous eu des problèmes avec nos profs, a dit Sal.
– Surtout toi, a rétorqué l'inspecteur Jerry. De quoi s'agit-il, Aurore ?

J'ai rapidement traduit le message de Diane en anglais et je le lui ai montré. Après l'avoir lu, il m'a demandé si Diane parlait anglais et si c'était son numéro de téléphone à la fin du message. J'ai hoché la tête. Il a demandé à Sal de s'arrêter et de se garer un instant. Quand Sal a trouvé une place, devant un immense immeuble d'appartements, l'inspecteur Jerry m'a demandé de prendre un selfie avec lui. J'étais contente de lui faire plaisir : il était tellement gentil ! Il a sorti son badge et il nous a pris en photo lui et moi, serrés l'un contre l'autre, tout sourires, en tenant son badge bien en vue devant lui. Puis il a rédigé un message sur la tablette de Ma Nouvelle Amie, à l'intention de Diane, et il l'a lu à voix haute.

– Bonjour, Diane, je suis l'inspecteur Jerry Frescobaldi, de la police New Yorkaise. Afin de vous rassurer, je vous informe

qu'Aurore est avec moi et que nous sommes tous les deux sur une affaire. Je vous joins une photo d'elle et moi, avec mon badge, sur lequel vous verrez mon numéro de matricule. Vérifiez, si vous le souhaitez, mon identité et ma fonction sur Internet. Vous devez savoir que si vous appelez la police maintenant, vous risquez sérieusement de compromettre l'enquête sur laquelle nous travaillons, Aurore et moi. Alors, s'il vous plaît, n'en faites rien. Je comprends votre inquiétude, mais Aurore est en sécurité et elle va bien. Je vous remercie de dire à ses parents que leur fille est une détective hors pair.

À la fin de son discours, j'étais radieuse. Surtout après le commentaire de Sal :

– Tu n'es pas seulement une détective hors pair, Aurore, tu es la meilleure ! Mais tu l'as sans doute déjà vu derrière mes yeux !

– Bon..., a repris l'inspecteur Jerry en envoyant son message. Ça devrait calmer ta prof au moins quelques heures. Allons maintenant retrouver l'empereur Leo Leonard pour le convaincre de nous accompagner. Et sur les chapeaux de roues, Sal ! Il ne nous reste que cinq minutes !

Sur les chapeaux de roues. J'adore cette expression ! Sal a écrasé le champignon et on est repartis à fond les ballons sur Park Avenue. Les immenses immeubles d'habitations ont laissé la place à des gratte-ciel de bureaux. Le plus grand était surmonté d'un nom en grosses lettres : Leonard Tower. Tout en verre, en métal et en hauteur, il grattait vraiment le ciel ! Devant l'entrée, quatre hommes en costumes sombres – les mêmes costumes noirs que portaient les méchants qui travaillaient pour Janina – montaient la garde. Un mur humain.

– Gare-toi devant ces clowns avec leurs flingues, a dit l'inspecteur Jerry à Sal.

– Ils sont armés ? me suis-je exclamée en me demandant : « Tout le monde est donc armé, ici ? »

– Ce sont les gardes du corps de Leo Leonard, m'a répondu l'inspecteur Jerry. Évidemment qu'ils sont armés !

Dès que Sal s'est arrêté, deux d'entre eux ont écarté le pan de leur veston pour nous montrer leur revolver dans un étui. L'un des deux était vraiment très grand, et sa tête me faisait penser à un chou-fleur (un légume que Maman adore, mais que je n'aime pas du tout). Il est venu toquer à la vitre du conducteur. Sal l'a baissée.

– Belle journée, n'est-ce pas ? a-t-il lancé à M. Chou-fleur.

– Descends, petit malin.

L'inspecteur Jerry a montré son badge.

– Fais attention à qui tu parles, grand malin.

M. Chou-fleur a reculé.

– On vient parler à ton patron, a poursuivi l'inspecteur Jerry. Tout de suite. Dis-lui que sa femme nous envoie. Avec son téléphone.

Tandis que M. Chou-fleur rejoignait le cercle des gardes du corps, nous sommes descendus de la voiture. Au bout

de quelques instants, le cercle s'est écarté et on a vu apparaître Leo Leonard. Il était grand. Il avait un gros ventre et son visage était d'un blanc poussiéreux, comme la pâte à pain. Et sa grosse touffe de cheveux jaunes avait l'air encore plus fausse, vue de près.

– Où est Janina ? nous a-t-il demandé en me dévisageant bizarrement.

Comme si j'étais une extraterrestre qui venait de sortir d'un vaisseau intergalactique en provenance directe des étoiles : l'Aurore Boréale.

– Janina nous envoie, a répondu l'inspecteur Jerry en montrant de nouveau son badge. Ou devrais-je dire : le

téléphone de Janina nous envoie ? Parce qu'elle retient illégalement votre fils et a menacé de l'assassiner.
Pendant une fraction de seconde, Leo Leonard a eu l'air secoué par cette déclaration, surtout sortie de la bouche d'un officier de police ! Mais il a tout de suite retrouvé son aplomb.
– C'est ridicule !
J'ai pris la parole.
– Non, monsieur. Ce n'est pas ridicule. Parce que j'étais avec votre fils. Votre femme l'a fait jeter dans le coffre d'une voiture. Et elle a fait frapper un homme. Et l'immeuble qu'elle prévoit de démolir aujourd'hui va s'effondrer sur lui.
Leo Leonard ouvrait maintenant des yeux grands comme des soucoupes, d'autant plus que je m'adressais à lui avec la voix de la tablette.
– Qui est cette gamine bizarre ? a-t-il demandé à M. Chou-fleur.
– Elle n'est pas du tout bizarre, a dit l'inspecteur Jerry. C'est une inspectrice de la police française...
– C'est ça, a dit Leo Leonard. Et moi, je suis président des États-Unis.
J'ai sorti ma carte.
– Je suis vraiment inspectrice. Je sais que sa maman manque beaucoup à Bobby et que vous ne lui avez jamais dit pourquoi elle avait disparu.

C'est Ridicule!
C'est une inspectrice de la police française.

Le visage déjà pâle de Leo Leonard est devenu encore plus blanc.
– Débarrassez-moi de cette gamine!
L'inspecteur Jerry lui a brandi le téléphone de Janina sous le nez.
– Vous voudrez peut-être d'abord lire quelques-uns des textos de Janina à son «cousin» Igor?
Il a tapoté l'écran.
– À moins que vous ne vouliez commencer par quelques photos de votre femme et Igor?
Le visage de Leo Leonard a viré au rouge cramoisi.
– Donnez-moi ce téléphone, a-t-il grondé, et il a tendu la main pour l'attraper.
– Pièce à conviction, a répliqué l'inspecteur Jerry en l'esquivant adroitement.
M. Chou-fleur a essayé de l'empoigner par l'épaule, mais il l'a aussi esquivé.
– Pose encore une fois la main sur moi et je t'arrête pour agression sur un policier dans l'exercice de ses fonctions.
M. Chou-fleur a reculé, peut-être surtout parce que son patron (pour employer l'expression de l'inspecteur Jerry) lui a fait signe de s'écarter.
– Il me faut une copie de ces photos et de ces messages, a déclaré Leo Leonard.
– Et moi, j'ai besoin de vous, a répondu l'inspecteur Jerry. Si vous tenez à sauver votre fils, vous devez venir avec nous tout de suite à East Harlem.

– Bien sûr que je veux sauver mon fils ! a répliqué Leo Leonard d'une voix tonitruante, comme s'il voulait que le monde entier (en tout cas tous les témoins de la scène) l'entende.

Puis il s'est tourné vers un de ses gardes du corps.

– Dis à José d'amener la voiture. On va tous…

– Non, monsieur, l'a coupé l'inspecteur Jerry. Je ne vous le conseille pas. Si vous vous pointez avec vos types, ça va faire une sacrée scène. Vos gros bras contre les siens. Montrez-vous seul avec moi – un représentant des forces de police – et votre femme pourra entendre raison, libérer gentiment Bobby et l'homme qu'elle a fait tabasser.

– Je ne sais pas qui est cet homme ! Je ne sais même pas ce que fabrique Janina à East Harlem !

J'ai planté mon regard dans le sien et j'ai vu ce qu'il pensait :

« Je savais que c'était idiot de faire confiance à Janina pour ce projet. Je savais qu'elle allait en profiter pour se goinfrer dans mon dos. Elle n'a aucun besoin de faire démolir ce dernier immeuble. Sauf qu'elle sait parfaitement qu'il y a 20 millions de plus à se faire si toute la parcelle est disponible pour son hôtel… »

Leo Leonard m'a vue le dévisager.

– Qu'est-ce que tu regardes, toi ? m'a-t-il demandé.

– Elle peut vous regarder autant qu'elle veut, monsieur, a dit l'inspecteur Jerry. On doit partir, maintenant.

Sal a ouvert la portière arrière. Leo Leonard n'a pas eu l'air content.

– J'ai l'habitude de voitures plus spacieuses, a-t-il dit.

– Vous survivrez, a répondu Sal.

En s'asseyant, Leo a crié à M. Chou-fleur de prévenir son assistant qu'il s'absentait pour une heure. J'ai ouvert l'autre portière et me suis assise à côté de lui. L'inspecteur Jerry s'est de nouveau installé devant et Sal, au volant, a démarré en trombe.

– Dites-moi la vérité, maintenant, a lancé Leo Leonard. Ma femme n'a pas réellement enfermé Bobby dans le coffre d'une voiture ?

– Je l'ai entendu donner des coups contre le capot du coffre, ai-je répondu en me servant de la voix. Tout comme l'inspecteur Jerry a une vidéo de Leroy se faisant assommer.

– Leroy ? a répété Leo Leonard. Qui est Leroy ?

Je l'ai regardé droit dans les yeux et je lui ai dit :

– Vous savez qui est Leroy. Parce qu'il a été votre chauffeur pendant dix ans. Avant que Janina obtienne que vous le renvoyiez !

– Mais qui es-tu : un flic ? m'a-t-il demandé, brusquement en colère.

– Exactement, a répondu l'inspecteur Jerry. Et je n'aime pas beaucoup la façon dont vous parlez à ma collègue.

– Je parle sur le ton qui me plaît, a répliqué Leo Leonard. Et à propos de parler, pourquoi a-t-elle besoin d'une tablette pour s'exprimer ?
– Parce que je suis née avec une particularité qui s'appelle l'autisme et que je ne peux pas parler comme vous.
Ça l'a mis vraiment mal à l'aise et ça lui a cloué le bec.
– Pas de commentaire à faire, Leo ? lui a demandé Sal.
– De quel droit vous m'appelez par mon prénom ? Je ne crois pas que nous nous connaissions.
– Vous ne me connaissez pas, mais tous les New Yorkais connaissent le grand Leo Leonard. Et on sait tous que vous visez la présidence, non ?
Leo Leonard a soudainement souri.
– J'y pense, c'est vrai.
– Eh bien, bonne chance, après tout ça ! a lancé Sal.
– Cette remarque va vous coûter votre badge.
– Je ne crois pas, a répliqué Sal. Parce que vous savez quoi ? Je ne suis pas flic !
– Mais moi, si, ai-je dit. Et je dois savoir autre chose : pourquoi la maman de Bobby a-t-elle disparu ? Où est-elle maintenant ?
Leo Leonard s'est détourné pour regarder par la fenêtre. Cela ne m'a pas empêchée de voir derrière ses yeux :
« Cette gamine en sait trop sur trop de choses. »
– La raison de sa disparition était dans tous les journaux, a-t-il dit. Elle m'a volé de l'argent. Beaucoup d'argent. Et puis elle s'est volatilisée.

Il s'est retourné vers moi et j'ai vu derrière ses yeux :
« Elle me manque tous les jours. J'aimerais aller la voir. Mais au moins, elle est à l'abri. Je n'avais pas le choix. Janina avait découvert la vérité sur cette affaire qui a mal tourné. Et… »
– Quelle affaire a mal tourné, monsieur Leonard ? lui ai-je demandé.
Il m'a regardée comme si je venais de le frapper.
– Tu te crois capable de lire dans mes pensées ?
Il avait presque crié. L'inspecteur Jerry allait intervenir, mais j'ai levé la main. C'était mon tour de poser les questions !
– Alors, où détenez-vous la mère de Bobby ?

-Où détenez-vous la mère de Bobby ?

– Je ne sais pas de quoi tu parles ! a-t-il rugi.
Sal était choqué, mais l'inspecteur Jerry lui a mis la main sur le bras en posant un doigt sur ses lèvres. Il ne devait pas m'interrompre !
– Si, ai-je poursuivi. Vous le savez parfaitement. Parce que je lis dans vos pensées. C'est mon pouvoir magique. C'est pour cela que je suis inspectrice. Et je sais que la maman de Bobby vous manque énormément... Comment s'appelle-t-elle ?
– Céleste, a répondu Leo Leonard en baissant la tête.
– C'est un prénom français ! Et comme le mien, il a un rapport avec le ciel. Laissez-moi deviner : Janina travaillait avec vous. Elle avait décidé de vous épouser et aussi de gagner beaucoup d'argent. Et un jour, elle s'est aperçue que vous aviez fait quelque chose de mal avec de l'argent que vous aviez emprunté à quelqu'un de vraiment méchant. Elle vous a dit que la seule façon de vous en sortir était de tout mettre sur le dos de votre femme, de vous assurer qu'elle disparaisse du paysage et...
– Tais-toi ! a-t-il hurlé.
– Ce n'est pas une façon de s'adresser à une inspectrice, a rappelé l'inspecteur Jerry, et encore moins à une petite fille.
– Je ne suis pas petite ! Mais j'ai une dernière question pour vous, monsieur Leonard. Aimez-vous votre fils ?
– Évidemment que j'aime Bobby !

– Alors quel est le plus important, pour vous ? Sauver Bobby ou cacher que vous avez mal agi, qu'une méchante femme l'a découvert et qu'elle s'en est servie pour vous faire faire des choses pires encore… ?

L'inspecteur Jerry a levé le doigt pour intervenir :

– L'inspectrice Aurore a fait mouche, monsieur Leonard. Le fait est que votre nouvelle épouse s'est rendue coupable d'un certain nombre d'agissements qui vont la conduire en prison pour très longtemps. Quoi que vous ayez fait qui lui ait permis de vous pousser à quitter la mère de Bobby et à l'écarter, si vous nous racontez, si vous nous aidez à la coincer… eh bien, vous pourriez éviter de vous retrouver derrière les barreaux, vous aussi.

– Sauf, bien sûr, si vous avez tué quelqu'un…, a ajouté Sal.

– Je n'ai tué personne ! s'est récrié Leo Leonard. J'ai juste emprunté de l'argent à la mauvaise personne. Comment osez-vous me soupçonner d'assassinat ?

– Je me le demande, a répliqué Sal en souriant à son cousin, qui de son côté avait décidé de l'ignorer.

– D'accord, vous avez emprunté de l'argent à la mauvaise personne, a poursuivi l'inspecteur Jerry. Mais vous avez laissé une autre personne se servir de ça contre vous afin d'obtenir ce qu'elle voulait. C'est tout le problème quand on veut dissimuler ses crimes, ça pousse toujours à en commettre d'autres. Ah ! autre chose, monsieur Leonard : ces photos que je vous ai montrées de votre nouvelle femme avec son « cousin » Igor, tous leurs textos... si vous nous aidez, je ferai en sorte que vous les récupériez.

Leo Leonard a contemplé longtemps le paysage. Il serrait les poings et il était si en colère que ses joues devenaient cramoisies. Je voyais aussi ce qu'il se répétait, encore et encore :

« Comment ai-je pu être aussi stupide ? Comment ai-je pu être aussi stupide ? »

Puis il a tourné son regard furieux vers moi.

– Pourquoi as-tu ce pouvoir magique et pas moi ?

– Peut-être parce que je veux le bien des autres. Contrairement à vous.

Il est devenu encore plus rouge. Il allait répondre, mais l'inspecteur Jerry s'est tout à coup mis à crier :

– Oh, non ! Non ! Non !

Sal l'a imité. M. Leonard aussi. Parce qu'on venait de tourner à l'angle de la 104e Rue et de la 3e Avenue. Mais le passage était bloqué maintenant. Et une foule s'était rassemblée. Sal a appuyé brutalement sur la pédale de frein. On est tous descendus de la voiture. L'inspecteur Jerry a brandi son badge en hurlant :

– Que se passe-t-il ?

Un homme avec des lunettes de soleil et une cigarette lui a répondu :

– Vous arrivez juste à temps pour le spectacle !

– Quel spectacle ? lui a demandé l'inspecteur Jerry.

– Ils vont démolir l'immeuble dans quelques secondes !

J'ai couru. L'inspecteur Jerry a couru. Leo Leonard a couru. Sal a couru. Mais il y avait un problème. Une grande barrière avait été dressée entre la foule et le bâtiment. Et de nombreux policiers la gardaient. Derrière, plusieurs hommes s'affairaient. Des hommes en bleu de travail, avec des casques, et des hommes en costume noir – les méchants de Janina ! L'inspecteur Jerry criait aux gens de s'écarter de son chemin. Un des policiers l'a arrêté.

– Reculez, monsieur. Il est interdit d'aller plus loin.

L'inspecteur Jerry lui a mis son badge sous le nez.

– Si cet immeuble s'écroule, une personne à l'intérieur va mourir et vous serez responsable ! Laissez-moi passer !

Le policier a eu l'air paniqué. Il a ouvert un passage pour l'inspecteur, qui nous a entraînés, Sal, Leo Leonard et moi, avec lui. On s'est arrêtés devant un homme vêtu d'une combinaison blanche et d'un casque, à côté d'un détonateur et de Janina ! Elle regardait sa montre. Je l'entendais compter :

– Neuf, huit, sept, six...

– Éloignez-vous de ce détonateur ! a hurlé l'inspecteur Jerry. Mains en l'air !

Il avait sorti son revolver et le pointait sur Janina !

– Appuyez ! a-t-elle crié à l'homme.

L'inspecteur Jerry a tiré un coup en l'air. L'homme du détonateur a fait un bond sur le côté, terrifié. Janina s'est jetée sur l'appareil en tendant le bras, prête à le déclencher ! Mais au même moment, Sal, qui avait foncé sur elle, l'a renversée par terre. L'inspecteur Jerry s'est planté au-dessus d'elle et, en tenant son revolver à deux mains, il l'a visée.

– Vous êtes en état d'arrestation !

– Pour quelle raison ? a demandé Janina en repoussant Sal pour se mettre debout.

– Il reste une personne dans cet immeuble ! a crié l'inspecteur Jerry.

– Et tu séquestres mon fils, sale monstre ! a hurlé Leo Leonard.

– Ce morveux s'est enfui ! a répliqué Janina.

– Vous mentez, ai-je dit. Il est dans le coffre de cette voiture !

– Cette petite folle délire complètement ! a crié Janina. Mais allez-y, vérifiez, si ça vous chante. Igor ! Ouvre le coffre ! Montre à mon corrompu de mari, qui

a emprunté de l'argent à un trafiquant de drogue colombien...
– La ferme! lui a crié Leo Leonard.
– Pourquoi? a répliqué Janina. Tu ne veux pas que les flics découvrent la vérité?
– La vérité? a répété Leo Leonard. La voilà, la vérité : ces Colombiens étaient tes amis. Et quand je n'ai pas pu les rembourser, ils ont menacé de tuer ma famille. C'est pour ça que...
– Ouvre le coffre, Igor!
Igor l'a ouvert. Je me suis précipitée. Igor m'a lancé un très méchant regard. J'ai baissé les yeux vers le coffre. Il était vide!
– Bobby n'est plus là! ai-je crié aux autres.
– Il n'y a jamais été! s'est esclaffée Janina. Je viens de vous le dire, il s'est enfui. Exactement comme il a fugué de la maison, l'autre soir!
– Menteuse! Vous êtes une menteuse! ai-je protesté. Vous ne vouliez pas que l'inspecteur fouille l'immeuble, tout à l'heure! Il doit y être aussi, avec Leroy!
– Je ne voulais pas laisser l'inspecteur fouiller parce qu'il n'avait pas de mandat. Mais allez-y, remuez l'immeuble de fond en comble. Avant que je le démolisse!
– Tu ne démoliras pas cet immeuble! a dit Leo Leonard.
– Tu veux parier? a répliqué Janina.
– Je ne t'ai pas donné la permission de démolir cet immeuble, a rétorqué Leo Leonard.

– Ta permission ? s'est exclamée Janina. Tu te prends pour qui ? Dieu ? J'ai tous les permis nécessaires ici.
Elle a sorti une liasse de documents de sa poche et l'a brandie devant elle.
– Comment les as-tu obtenus ? a demandé Leo Leonard. En soudoyant les employés de la mairie ?
– Comme tu me l'as appris, chéri : à New York, l'argent ouvre toutes les portes. Tout le monde est corrompu !
– Pas tout le monde, est intervenu l'inspecteur Jerry. Allons fouiller cet immeuble. Venez avec nous, madame !
– Je serai ravie de vous faire visiter ! a ironisé Janina.
L'inspecteur Jerry a demandé à Sal de rester près du détonateur.
– Ça roule ! a dit Sal.
J'ai suivi l'inspecteur Jerry et Leo Leonard à l'intérieur du bâtiment. Janina ouvrait la voie.
– L'appartement de Leroy se trouve au premier étage, a dit l'inspecteur en montant l'escalier. C'est là qu'Igor lui a donné un coup de crosse avec son arme.
– Les petites filles détraquées adorent inventer des histoires ! a commenté Janina.
– L'inspectrice Aurore est peut-être une petite fille, a remarqué l'inspecteur. Mais, contrairement à vous, elle n'est pas détraquée.
– Je ne suis pas petite ! ai-je protesté.
Et, en regardant Janina, j'ai ajouté :
– Et je n'invente pas d'histoires non plus !

Nous sommes entrés dans l'appartement de Leroy, là où je l'avais vu allongé sur le sol, après qu'Igor l'avait frappé sur la tête. Mais il n'y était plus !
– Je vous assure qu'il était là, tout à l'heure. Par terre.
– Sans doute parce qu'il était ivre mort ! s'est moquée Janina.
– Leroy ne buvait jamais, a dit Leo Leonard. Et le renvoyer a été la deuxième plus grosse erreur de ma vie. Sachant que la première a été de te faire confiance.
– Dit l'homme le moins digne de confiance de New York, a commenté Janina d'un ton moqueur.
Leo Leonard a demandé à l'inspecteur Jerry de sortir le téléphone que j'avais arraché à Janina.
– Peux-tu sortir un instant, Aurore ? m'a demandé l'inspecteur. Je ne veux pas que tu voies ce qu'il y a sur ce téléphone.
En partant, j'ai entendu Janina hurler à son mari :
– Cette sale petite peste m'a volé mon téléphone ! Après avoir légalement fait sauter cet immeuble, j'irai porter plainte et demander son arrestation. Pour vol !
Est-ce que j'ai eu peur en l'entendant dire ça ? Un peu, oui ! Mais j'avais un plus gros souci en tête : trouver l'endroit où Bobby et Leroy étaient prisonniers. J'ai visité tous les appartements. Ils étaient dans un état lamentable, sales, pleins de poussière, mais il n'y avait personne nulle part. Je suis de nouveau montée sur le toit. Pas de Bobby ni de Leroy. Je suis redescendue

au rez-de-chaussée, où j'ai trouvé la porte de la cave. Quand je l'ai ouverte, un gros nuage de poussière m'a enveloppée. J'avais beaucoup de mal à respirer et encore plus à voir. Mais je suis inspectrice ! Je dois avoir la force d'explorer des sous-sols sombres et dégoûtants. Parce que si je n'explorais pas celui-là… eh bien, je ne serais pas une bonne inspectrice, non ?

Alors j'ai allumé la torche de la tablette de Ma Nouvelle Amie et je me suis forcée à descendre l'escalier. Les marches craquaient sous mes pieds (alors que je ne suis même pas une grande personne – mais attention, je ne suis pas petite non plus !). J'avais l'impression

de m'enfoncer dans le trou le plus noir, le plus profond et le plus sinistre du monde ! La lumière de la tablette n'éclairait que des nuages et des nuages de poussière tourbillonnante. Je sentais ma bouche devenir sèche. Je commençais à avoir très mal aux yeux. J'ai finalement atteint la dernière marche et j'ai senti le sol de la cave sous mes pieds. J'ai dirigé la lumière droit devant moi. Il y avait tellement de poussière ! Mais j'ai fini par distinguer un mur et je l'ai suivi en tâtonnant, à la recherche de la moindre porte secrète derrière laquelle Bobby et Leroy seraient peut-être cachés. J'avais de plus en plus de mal à respirer. J'ai quand même fait le tour complet de la cave et, quand je me suis retrouvée au pied de l'escalier, je l'ai grimpé à toute allure pour sortir le plus vite possible. En haut des marches, j'ai commencé à tousser. Mais comme aucun son ne sort jamais de ma bouche, ça ne faisait aucun bruit. J'avais le vertige, à cause du manque d'oxygène ; et mes yeux, à cause de la poussière, me faisaient très mal. Mais je me suis forcée à remonter dans l'appartement de Leroy.

L'inspecteur Jerry est devenu fou quand il m'a vue.

– Mon Dieu, Aurore ! Que t'est-il arrivé ?

Je me suis servie de la voix pour lui répondre.

– J'ai tout inspecté ! Même la cave ! L'endroit le plus sale, le plus poussiéreux et le plus sombre que j'aie jamais vu ! Pas de Bobby ni de Leroy.

Janina a éclaté de rire. Le genre de rire dément qu'on attend d'une sorcière.
– Vous voyez : je suis innocente ! Ils ne sont pas là !

Leo Leonard a sorti un mouchoir de sa poche et me l'a tendu.
– Merci d'essayer de trouver mon fils, Aurore.
Je me suis essuyé les yeux. Mais après, en écartant le mouchoir, j'ai croisé le regard diabolique de Janina. Et j'ai vu derrière ses yeux :
« Cette stupide petite fouineuse n'a même pas vu la porte dérobée sous l'escalier. »

Je voulais me servir de la voix pour lui répondre : « Je ne suis pas stupide ! Et j'aimerais bien, s'il vous plaît, qu'on arrête de me traiter de petite ! » mais ce n'était pas le moment de dire quoi que ce soit. Alors je me suis contentée de baisser la tête et de faire semblant d'être terrorisée, parce que je voulais convaincre Janina que c'était le cas.
– Je sors, a-t-elle déclaré, satisfaite. Et je vous conseille d'en faire autant : dans quinze minutes je pulvérise cet immeuble !
Elle a quitté les lieux comme une tornade, Leo Leonard sur ses talons et criant :
– Si tu t'imagines obtenir un centime du divorce...
L'inspecteur Jerry allait leur emboîter le pas, quand je l'ai retenu en posant un doigt sur mes lèvres. Il a compris que je venais de découvrir quelque chose.
– Dis-moi, inspectrice, a-t-il chuchoté. Qu'est-ce que tu as vu derrière ses yeux ?
Je suis sortie sur le palier pour m'assurer que nous étions bien les derniers dans l'immeuble, puis je suis revenue vers lui et, baissant le volume de la voix au minimum, je lui ai dit :
– On doit retourner tout de suite à la cave !
Nous avons descendu l'escalier quatre à quatre. Devant la porte, je l'ai prévenu :
– Couvrez-vous la bouche et le nez !

Puis j'ai poussé la porte. Il y avait toujours autant de poussière. J'ai allumé la torche de la tablette de Ma Nouvelle Amie, et l'inspecteur Jerry a commencé à tousser.

– Vous n'êtes pas obligé de venir, si ça vous rend malade !

– On y va ! a-t-il répondu.

Moi devant, plaquant le mouchoir de Leo Leonard sur ma bouche et mon nez comme un bandit, nous avons descendu l'escalier. L'inspecteur Jerry était bien plus grand que moi. J'avais peur que les marches ne cèdent sous son poids. Elles craquaient de façon sinistre... mais elles tenaient ! L'inspecteur, lui, continuait de tousser. Il donnait l'impression d'avoir vraiment beaucoup de mal à respirer. Et ça, ça m'inquiétait beaucoup ! Parce que la poussière semblait encore plus épaisse que la première fois.

– Je ne vois rien ! a-t-il pesté en arrivant au pied des marches.

La poussière ressemblait aux gros nuages noirs qui se déversent sur vous au moment de l'orage. Sauf qu'au lieu d'être trempés, on était couverts de suie et de saleté.

J'ai attrapé l'inspecteur par le coude et j'ai monté le volume de la voix.

– La porte est derrière l'escalier, par là...

Mais l'inspecteur ne voyait pas où il allait. Et parce qu'il était très grand, il s'est cogné la tête contre une marche en essayant de contourner l'escalier. Il a poussé un cri et, quelques secondes plus tard, il a dit qu'il saignait. Je l'ai aidé à s'asseoir sur la première marche. Je lui ai donné mon mouchoir en lui disant de le plaquer sur son visage, puis j'ai retenu ma respiration et je suis repartie en exploration. Grâce à la torche de la tablette de Ma Nouvelle Amie, j'ai trouvé un petit passage derrière les marches. Je me suis faufilée et j'ai cherché une poignée de porte. Rien ! J'ai levé la tablette. Toujours rien ! Je commençais à étouffer. J'ai été obligée de respirer de nouveau.

– Je n'en peux plus, Aurore ! a dit l'inspecteur en toussant de façon terrible cette fois.

– Je ne vois rien ! ai-je crié avec la voix.

On n'allait plus pouvoir rester très longtemps. J'étais vraiment énervée ! La porte était là ! Elle devait être là ! J'ai éclairé tout le mur. Pas de poignée, pas de serrure ! Rien. J'étais tellement en colère et paniquée que j'ai fait un geste que je ne fais jamais d'habitude. J'ai donné un bon coup de pied dans le mur ! Et quand mon pied l'a heurté, il a aussi cogné un objet métallique. Un verrou ! J'ai braqué la torche dessus.

– Inspecteur Jerry ! ai-je crié. Je crois que j'ai trouvé la porte.

– Essaie de l'ouvrir ! m'a-t-il répondu en se levant pour tâcher de me rejoindre.

Je me suis accroupie. C'était un verrou coulissant, un vieux verrou tout rouillé, mais j'avais beau le secouer et tirer dessus, il ne bougeait pas.

– Je n'arrive pas à pousser le verrou !
– Laisse-moi faire, a dit l'inspecteur en s'agenouillant à côté de moi.
Il a poussé, tiré, poussé encore.
– Oh ! la vache, il est vraiment coincé.
Et tout à coup, après une violente secousse, le verrou a cédé ! Et la porte s'est ouverte si brutalement que, de l'autre côté, Bobby et Leroy sont tombés par terre. Ils avaient les mains et les pieds liés. J'ai pris Bobby dans mes bras. Il avait l'air terrifié, mais il avait les yeux

ouverts et il était vivant ! Leroy ne répondait pas aux appels de l'inspecteur Jerry. Mais quand l'inspecteur lui a ôté son bâillon et lui a donné une gifle, il a ouvert les yeux.

– Ouf ! a crié l'inspecteur. Il est toujours avec nous !

Puis il a sorti un canif de sa poche.

– Comment va Bobby ? m'a-t-il demandé en coupant les liens de Leroy.

– Ça va aller ! ai-je répondu.

Il a ensuite libéré Bobby et il a dit :

– Bon, on doit les tirer de là, maintenant.

J'ai sorti Bobby de dessous l'escalier et je l'ai mis debout. Mais il était si faible, si effrayé, qu'il tenait à peine sur ses pieds. Je suis heureusement bien plus forte que je n'en ai l'air ! Alors j'ai passé un de ses bras sur mes épaules, je l'ai pris par la taille et je l'ai hissé, marche après marche, sur l'escalier. Derrière nous, j'entendais l'inspecteur Jerry parler à Leroy.

– Je vais vous mettre sur mon épaule. Ça va aller vite.
Mais quand je me suis retournée, j'ai bien vu que Leroy avait de nouveau fermé les yeux. Il semblait vraiment très mal en point.
Je me suis concentrée sur Bobby. J'entendais l'escalier grincer. Tout à coup, il y a eu un grand « crac » dans mon dos. Une marche avait cédé. Mais l'inspecteur Jerry s'est débrouillé pour retrouver son équilibre et,

miraculeusement, ne pas tomber en arrière. Nous avons continué de monter. Quatre marches. Trois marches. Deux marches. Et... le rez-de-chaussée.

Cahin-caha nous sommes sortis de l'immeuble.

Dès que les gens nous ont vus, ils se sont mis à crier. Peut-être parce qu'on avait l'air de sortir d'un bain de suie. Leo Leonard a couru vers nous.

– Bobby ! a-t-il hurlé en serrant son fils dans ses bras.

Sal s'est précipité vers nous, lui aussi, parce qu'il avait vu son cousin émerger avec Leroy inerte sur son dos. Le sang coulait sur le visage de l'inspecteur, à cause de la blessure qu'il s'était faite en se cognant contre l'escalier. Il a quand même crié :

– Appelez une ambulance ! Le 911 ! Et...

Il a vu Janina et Igor à côté du détonateur.

– Arrêtez-les immédiatement !

Mais avant qu'un policier ait eu le temps d'intervenir, Janina avait empoigné la manette.

– Personne ne va m'arrêter !

Sal s'est chargé de Leroy et s'est époumoné pour demander l'aide d'un médecin. Quelqu'un, dans la foule, s'est précipité auprès de lui. Entre-temps, l'inspecteur Jerry avait sorti son arme et il la pointait sur Janina et Igor.

– Lâchez ce détonateur.

– Vous nous laissez prendre cette voiture et filer, a dit Janina. Sinon...

Elle a levé sa main au-dessus du détonateur.
La panique s'est emparée de la foule. Tout le monde courait dans tous les sens.
– Janina ! a hurlé Leo Leonard. Ne sois pas stupide ! Rends-toi ! C'est terminé. Tu ne peux pas t'en sortir !
– Me rendre ? a-t-elle crié en retour. Pour aller en prison jusqu'à la fin de mes jours ? Parce que c'est bien ce qui m'attend, n'est-ce pas, inspecteur ?
– Enlèvement, séquestration, tentative de meurtre, a énuméré l'inspecteur Jerry. Vous allez prendre cher, c'est sûr, mais c'est mieux que...
Janina s'est soudain mise à courir vers l'immeuble, Igor l'a suivie en lui demandant de s'arrêter.
– Allez-y, monsieur le flic, a-t-elle crié à l'inspecteur. Rendez-moi service ! Tuez-moi !
– Ne bougez plus ! a répliqué l'inspecteur Jerry.
Mais elle a continué. Elle a gravi le perron et s'est engouffrée dans l'immeuble, poursuivie par Igor qui la suppliait d'arrêter. Au même instant, tous les chats sont sortis de l'immeuble en courant, comme s'ils avaient compris qu'ils devaient déguerpir illico !
– Appelez des renforts, a crié l'inspecteur Jerry aux policiers.
Janina et Igor avaient disparu depuis quelques secondes quand...
Il y a eu un terrible BOUM !
Et l'immeuble s'est effondré !

Quand les ambulanciers sont arrivés, je leur ai demandé de s'occuper d'abord de Bobby, de Leroy et de l'inspecteur Jerry. Mais l'infirmière – elle s'appelait Brenda – m'a répondu que je n'avais pas à m'inquiéter, que Bobby et Leroy étaient dans une autre ambulance, en route pour un grand hôpital du secteur, et que l'inspecteur Jerry était dans le même véhicule que moi. Brenda lui avait déjà fait un bandage à la tête. Elle a insisté pour que je m'allonge sur un des brancards ct quc jc la laissc mc mcttrc un masquc sur la figure. L'autre infirmier – il s'appelait Gabriel et avait des cheveux très roux – a ajouté que l'inspecteur Jerry allait en avoir un, lui aussi. Après être restés aussi longtemps dans ce sous-sol poussiéreux, ont-ils dit, nous avions tous les deux besoin d'oxygène pour nettoyer nos poumons.

– Tu n'es pas trop secouée, Aurore ? m'a demandé l'inspecteur Jerry avant que Gabriel ne lui pose son masque.

– Au moins on a sauvé Bobby et Leroy ! Ils vont s'en sortir ?

– Je l'espère. Bobby est seulement choqué mais Leroy était toujours inconscient quand ils l'ont emmené.

– Je dois prévenir ma professeure Diane pour lui dire que je vais bien et à quel hôpital on m'amène.

– Donne-moi son numéro, m'a dit Gabriel. Je vais m'en charger.

À l'hôpital, j'ai eu droit à une chambre pour moi toute seule. Une gentille infirmière m'a aidée à prendre une douche pour me débarrasser de toute la poussière et on m'a donné un pyjama pour dormir. Un gentil médecin est venu me mettre des gouttes dans les yeux pour les laver eux aussi. Un autre m'a dit qu'il voulait me faire passer une radio des poumons, pour être certain qu'ils étaient propres. Et ils m'ont conseillé de dormir, parce que j'en avais besoin. J'ai dû dormir très, très longtemps. Parce que quand j'ai ouvert les yeux, c'était le matin. Une nouvelle infirmière très gentille m'a pris ma température, puis elle a écouté ma respiration avec un stéthoscope avant de me dire que le petit déjeuner n'allait pas tarder. J'ai eu droit à du chocolat chaud et les tartines étaient délicieuses ! Les bonnes nouvelles ne s'arrêtent pas là. Vers 9 heures, Diane est arrivée. Elle m'a serrée dans ses bras en pleurant, puis elle m'a dit que la police lui avait raconté tout ce qui s'était passé, qu'elle était très fière de moi, qu'elle avait parlé à Maman et Pap' et qu'ils arrivaient à New York par le dernier vol de la journée, avec Émilie.

– Maman aussi ? ai-je demandé, tout excitée.

On allait tous être réunis à New York !

– Ta maman est très inquiète pour toi. Surtout après avoir appris tous les détails de l'histoire et vu l'explosion de l'immeuble à la télé ; Leo Leonard est tellement célèbre que la nouvelle a fait le tour du monde. Tu n'es pas trop bouleversée par tout ça ?

– Je crois que je vais faire des cauchemars pendant quelque temps.

– je crois que je vais faire des cauchemars pendant quelque temps.

– Ça ne m'étonne pas. Tu dois en parler à tes parents. Tu risques de te sentir très déstabilisée pendant un moment. Ça arrive quand on a vécu un traumatisme, il faut toujours un peu de temps pour s'en remettre...

Tandis qu'elle parlait, quelqu'un a frappé à la porte. Elle s'est ouverte et j'ai entendu une voix que je commençais à très bien connaître :

– Alors, comment se porte notre *Frenchie* adorée que tout le monde n'appelle plus que « l'héroïne de New York » ?

Sal !
Il est entré et m'a serrée très fort dans ses bras.
– Tu as l'air en forme ! Et même mieux que je l'espérais ! Tu as fait un truc incroyable, hier ! Leo Leonard raconte à toute la presse comment tu as sauvé son fils. C'est une diversion, évidemment, pour qu'on ne parle pas de ses gros ennuis. Il est vraiment dans de sales draps, maintenant. Mais on connaît l'animal : il se débrouille toujours pour faire oublier sa mauvaise conduite et passer pour un chic type.
– Tout ce que j'espère, c'est qu'il soit un bon papa pour Bobby et qu'il lui rende sa maman.
– Bonne nouvelle de ce côté-là ! Elle est allée le voir ce matin à l'hôpital.
– Oh ! Je suis si contente !
– Leo va s'attribuer tout le mérite de ces retrouvailles, a dit Sal. Et je parie qu'il va filer un bon paquet de fric à son ex-femme pour qu'elle ne dise rien de son exil doré quelque part dans le nord de l'État, pendant deux ans. Enfin, je suis sûr que Bobby va être super heureux de retrouver sa maman ! Et autre bonne nouvelle : Leroy a ouvert les yeux et il parle. Les médecins disent qu'il va très bien se remettre !
– Waouh ! C'est génial ! Quand pourrai-je le voir ?
– Je vais demander aux médecins, a répondu Sal avant de se tourner vers Diane. Dites-moi, j'espère que vous n'allez pas perdre votre job après tout ça.

Diane s'est mise à pleurer.
– Eh, j'voulais pas vous faire pleurer !
– Elle ne va pas se faire renvoyer, ai-je dit en prenant la main de Diane. Ce n'est pas sa faute si Bobby m'a demandé de l'aide pour empêcher un crime !
– Et tu l'as vraiment empêché, Aurore ! s'est exclamé Sal.
– Vous aussi, vous êtes un héros, Sal, a dit Diane.
– Oh ! s'il vous plaît...
– Mais non, ne soyez pas modeste ! a répliqué Diane.
– Elle a raison, ai-je ajouté. Parce que c'est vous qui avez capturé la méchante Janina et Igor !
C'était une des autres surprises de la veille. Au moment de l'explosion, on a tous cru que Janina et Igor allaient se faire enterrer vivants. Mais juste avant l'effondrement, tandis que tout le monde courait se mettre à l'abri de l'avalanche de briques qui allait nous tomber dessus, Sal qui me protégeait a vu deux silhouettes s'échapper de l'arrière du bâtiment. C'était Janina et Igor ! L'inspecteur Jerry était trop mal en point pour agir, alors Sal a sauté dans sa voiture en criant à un policier de le rejoindre. Un autre a écarté la foule, et Sal a foncé pour rattraper les fuyards, juste au moment où ils allaient monter dans un taxi. D'après Sal, quand Igor a vu qu'ils allaient se faire arrêter, il a voulu sortir son pistolet. Mais le policier le visait déjà avec son arme et leur criait de lever les mains au-dessus de la tête. Puis il les a menottés tous les deux et il a appelé des renforts. Des voitures sont

arrivées et ont embarqué les deux méchants... Voilà comment Sal est devenu un héros!

– C'est pas les héros qui manquent dans cette histoire! a dit Sal. Janina et Igor vont rester un bon bout de temps en prison, tu peux me croire. Peut-être jusqu'à la fin de leurs jours! Mais tu veux savoir un autre truc chouette? Ils ont arrêté le reste de la bande hier, les deux gros bras de Janina, et ils les ont amenés dans le même commissariat que leur patronne et ce sale type d'Igor. Jerry m'a téléphoné hier soir, pour me demander d'aller y récupérer quelque chose. Il se trouve qu'un des gorilles, un certain Louis, a donné ça au flic qui l'a coincé, en lui disant qu'il devait absolument te le rendre. Il a plongé la main dans son sac et il en a sorti… ma tablette !

L'infirmière m'avait recommandé de faire attention en me levant, mais quand j'ai vu ma tablette dans les mains de Sal, j'ai bondi hors du lit et je me suis jetée dans ses bras. Puis j'ai commencé à pleurer. Je ne pleure jamais d'habitude. Jamais. Mais j'imagine que j'avais éprouvé tant d'émotions au cours des derniers jours qu'il fallait bien qu'elles sortent. J'ai vu tant de choses… Des choses que j'aurais mieux aimé ne pas voir, mais qui me font penser qu'Avocat a raison : nos actions, qu'elles soient bonnes ou mauvaises, sont toujours le résultat d'un choix. Et ce choix, qui nous appartient, détermine le cours de notre vie.

Sal m'a prise par les épaules.

– Pas besoin de pleurer, Aurore. Tu as retrouvé ta tablette. Tout est bien qui finit bien !

C'était grâce à ma tablette que j'avais parlé pour la première fois. Avec elle, j'étais connectée au reste du monde. Je l'ai aussitôt mise en marche. Sa batterie avait besoin d'être rechargée, mais elle était toujours là pour moi !

– À quelle heure doit-on être à l'université, demain ? ai-je demandé à Diane.

– Je pensais, après tout ce qui s'est passé, qu'on devrait peut-être annuler…, a-t-elle dit.
– Annuler ? Pas question ! Les docteurs disent que je vais bien. Alors j'y vais ! Je n'ai pas fait tout ce chemin pour me défiler au dernier moment !
– On devrait en parler d'abord avec tes parents, a suggéré Diane.
– On va y aller, Diane !
Sal a souri.
– J'ai l'impression qu'Aurore est décidée, Prof. Et après tout ce qui s'est passé, vous ne pouvez pas la priver de ça, hein ?
Après le départ de Diane et Sal, j'ai envoyé un message à Virginia pour lui dire que j'avais retrouvé ma tablette, que je la remerciais beaucoup de m'avoir prêté la sienne, et que, si elle pouvait venir à la conférence, ce serait l'occasion pour moi de la lui rendre et de lui présenter ma famille. Elle m'a tout de suite répondu :

> Quelle merveilleuse nouvelle de savoir que tu as récupéré ta précieuse tablette, Aurore. Je serai enchantée de rencontrer ton père, ta mère et ta sœur. Tu peux compter sur moi !

Dans l'après-midi, j'ai reçu un message de l'inspecteur Jerry :

Je suis ravi de savoir ces deux crapules derrière les barreaux. Je suis sûr que mon chef va vouloir t'embaucher, mais je crois que tes parents vont préférer te ramener en France avec eux. J'ai vu Sal tout à l'heure, et il m'a parlé de ta conférence, demain. Si les docteurs me lâchent, comme ils l'ont promis, je serai là !

Le médecin est passé plus tard. Il a fait un tas de contrôles et puis, avec un grand sourire, il a déclaré que j'allais très bien. Alors, oui, je pouvais quitter l'hôpital le lendemain. Autrement dit, j'allais pouvoir faire mon discours ! Quand je lui ai demandé à voir Bobby, il m'a répondu qu'à la demande de son père il avait autorisé sa sortie le matin même. Bien qu'il ait beaucoup souffert psychologiquement de toute cette histoire, mon ami n'avait aucune blessure physique.
– C'est bien de le laisser rentrer chez lui ? ai-je demandé.
– Rien ne justifiait son hospitalisation – comme toi, ses poumons n'ont pas de séquelles –, je ne pouvais donc pas refuser. D'autant moins que Bobby, comme toi, est mineur. Si son père veut qu'il rentre à la maison...
– Et sa mère est avec lui maintenant ?
– Je comprends ton inquiétude, Aurore, mais ce ne sont pas mes affaires, a répondu le médecin.
En même temps j'ai vu, derrière ses yeux, tout autre chose :

« Je ne supporte pas Leo Leonard... Mais avec tout l'argent qu'il verse chaque année à l'hôpital, je ne peux pas lui dire en face ce que je pense vraiment de lui. » Après son départ, je me suis endormie très, très profondément. Et quand j'ai ouvert les yeux, j'ai eu une sacrée surprise ! Maman, Pap' et Émilie étaient là. J'ai bondi de joie ! On s'est tous embrassés et serrés bien fort dans les bras, même Émilie souriait (et elle ne sourit jamais) !

même Émilie souriait.

Maman a commencé à pleurer, en me disant qu'elle s'était fait énormément de souci pour moi, qu'elle n'aurait jamais dû me laisser venir toute seule à New York.
– Elle n'était pas toute seule ! a protesté Pap'. Elle était avec Diane.
– Oui, et regarde ce qui s'est produit ! a répliqué Maman. Te laisser sortir au beau milieu de la nuit ! Ces criminels ont failli te tuer !
– Ce n'est pas la faute de Diane, Maman. Bobby est venu me voir très tard. C'est moi qui ai choisi de l'aider.
– Elle devait veiller sur toi, a insisté Maman. Tu étais sous sa responsabilité. Elle a commis une faute très grave et elle doit le reconnaître.
Pap' n'avait pas l'air content.
– Tu ne veux pas cesser de jouer les banquières rigides un instant !
– Je ne suis pas rigide ! C'est notre petite fille et...
– Tu cherches toujours un coupable, a dit Pap'.
– Personne n'est coupable ! me suis-je écriée. Sauf moi.
– Aurore a parfaitement raison, personne n'est coupable ! a renchéri Émilie. On devrait seulement se réjouir d'être tous ensemble ici.
Une voix s'est élevée depuis la porte.
– Excusez-moi de vous interrompre, je ne comprends pas le français, mais j'espère que vous savez tous que, grâce à votre fille, je suis vivant aujourd'hui !

Leroy ! Il était dans un fauteuil roulant, accompagné par une infirmière. J'ai couru vers lui pour le serrer dans mes bras.

– Ne me serre pas trop fort, Aurore ! J'ai encore mal partout. Et surtout à la tête !

J'ai fait les présentations. Pap' parle très bien anglais. Émilie aussi (elle l'apprend en classe et passe des heures à réviser ses leçons !). Maman est capable de dire bonjour et de sourire. Je me suis servie de la voix sur ma tablette pour discuter avec Leroy et traduire ce qu'il disait.

– C'est une gamine sacrément courageuse, que vous avez là. Sans elle... bah, inutile de vous expliquer où je serais à cette heure...

– Vous serez bientôt sur pied ? a demandé Pap'.

– D'après les médecins, j'ai une sérieuse commotion cérébrale. Et comme je suis fumeur, ils s'inquiètent de toute la poussière que j'ai respirée. Mais je suis vivant ! Et ça m'enchante ! C'est notre bien le plus précieux, la vie. La vie et les autres ! Ne l'oubliez pas.

Maman a baissé la tête et, avec un petit hochement, elle a pris la main de Pap' dans la sienne. Je voyais ce qu'elle pensait :

« Je me mets toujours si facilement en colère ! Mais quand je suis contrariée, c'est plus fort que moi. J'aimerais tellement m'en empêcher ! »

Je me suis tournée vers Leroy.

– Où allez-vous habiter maintenant que votre immeuble est démoli ?

– M. Leonard m'a envoyé ses gens, ce matin. Pour me dire de ne m'inquiéter de rien. Ils vont payer tous les frais d'hôpital, me réengager comme chauffeur et doubler mon salaire. Ils vont aussi me trouver un logement, pour lequel je n'aurai jamais aucun loyer à payer. Ils m'ont même dit que M. Leonard allait me verser une grosse somme d'argent, une autre façon de s'excuser. Et de s'assurer que je ne dise rien !

– Vous allez accepter ? a demandé Pap'.

– Bien sûr que je vais accepter ! Mais seulement après avoir demandé à un avocat de faire un peu monter les enchères. M. Leonard est généreux, quand il s'agit de son image...

J'ai dit à Leroy que je serais heureuse de le voir à la conférence demain, mais que je comprendrais très bien si les médecins refusaient.

– Croyez-moi, ils vont refuser, a dit l'infirmière qui l'accompagnait.

– Tu viendras me voir, avant ton retour en France ? m'a-t-il demandé.

– Bien sûr ! ai-je répondu en le serrant doucement dans mes bras (parce que je ne voulais pas lui faire mal !).

Quelque chose d'autre de vraiment sympa s'est produit le même soir ! Pap' est sorti et a trouvé une pizzéria à côté de l'hôpital. Il en a rapporté deux pizzas que nous avons mangées, tous assis sur mon lit. Puis Émilie a demandé à Maman et Pap' si elle pouvait rester dormir avec moi. Surtout qu'il y avait un canapé-lit dans ma chambre ! Maman avait peur qu'elle ne dérange, mais l'infirmière de service nous a assuré que ce n'était pas un problème du tout ; elle allait même faire le lit ! Pap' a proposé à Maman d'aller écouter du jazz quelque part. Maman a dit qu'elle était trop fatiguée.

– Oh, non, vous devez absolument aller écouter Fred Hersch au Village Vanguard !

– Depuis quand es-tu fan de jazz ? m'a demandé Maman.

– Depuis que je suis tombée amoureuse de New York.

– Si tu es trop fatiguée, je vais te raccompagner à l'hôtel et y aller seul, a dit Pap'.

– D'accord, puisque tu insistes, je viens ! a répliqué Maman en riant. Bon, à demain, les filles. On se retrouve pour la conférence d'Aurore ! Et ne bavardez pas toute la nuit !

Après le départ de Pap' et Maman, Émilie et moi, on a parlé pendant des heures et des heures. Émilie m'a dit que Maman et Pap' s'étaient beaucoup disputés. Et que Pap' n'avait pas écrit une ligne depuis qu'il s'était installé à la maison ; mais que, dans l'avion, Maman et lui avaient parlé de la façon dont ils pourraient être plus heureux ensemble.

– Moi aussi, j'essaie d'être plus heureuse, a dit Émilie. Je suis vraiment désolée d'avoir été dure avec toi. Parfois, je me dis que je suis juste bêtement jalouse.
Je lui ai pris la main.
– Tu n'es pas bête, et tu as tellement de talent !
– J'aimerais le croire.
– On doit tous croire en nous-mêmes. C'est le seul moyen de surmonter les difficultés qu'on rencontre.

J'ai vraiment bien dormi cette nuit-là. Comme Émilie. À 10 heures, Diane est arrivée avec des vêtements propres pour moi. Elle m'a demandé si j'étais nerveuse.
– Je serai nerveuse jusqu'au moment de parler. Après...
– Tu vas être géniale, Aurore, a dit Émilie.
– Aurore est toujours géniale, a répliqué Diane en riant.
– Arrête de dire ça ! Je ne veux pas avoir la grosse tête !
Sur le chemin de l'université, Diane m'a dit qu'elle avait parlé avec un responsable de la salle de conférence. Il lui avait expliqué qu'en même temps que je me servirais de la voix, un technicien transférerait mes propos sur un écran et sur des enceintes.
– Tu es sûre de pouvoir écrire assez vite ? m'a-t-elle demandé.
– Bien sûr ! Tu sais à quelle vitesse je tape mes mots !
La salle de conférence se trouvait à l'intérieur de l'université Columbia. C'est un campus magnifique et la salle était splendide. Elle était pleine d'étudiants et de

professeurs. On m'a présenté une femme qui s'appelait professeure Getz. Elle m'a dit que c'était elle qui allait me présenter, qu'elle était très honorée de faire ma connaissance et qu'après la conférence elle aimerait beaucoup passer quelques heures avec moi pour m'interviewer dans le cadre d'un livre qu'elle était en train d'écrire sur les différentes façons de voir le monde.
– Et je suis certaine que ton regard est vraiment très original, Aurore !
– Nous avons tous une façon différente de voir le monde, professeure, ai-je répondu.
On m'a conduite sur scène avec Diane. Elle m'a alors confirmé que j'allais être la seule à parler, et qu'elle ne me rejoindrait qu'après, au moment de répondre aux questions du public.
– Mais toi aussi, tu dois intervenir ! ai-je protesté. Tu as ta propre histoire à raconter.
– La tienne est plus intéressante, a répondu Diane.
– Non, c'est faux ! Je vais demander que tu parles après moi ! Ou plutôt : je vais te présenter quand j'aurai terminé !
Je me suis aperçue qu'elle scrutait le public. Je l'ai imitée. J'ai d'abord vu Maman, Pap' et Émilie. Puis j'ai vu Virginia au moment où elle entrait. Elle m'a fait un signe de la main, en agitant sa tablette. Sal avait dû la lui rendre ! Je l'ai saluée à mon tour. Puis j'ai vu Sal et l'inspecteur Jerry ! Il avait un gros bandage sur la tête, mais

il souriait. Je leur ai aussi rendu leur salut. La professeure Getz est montée sur scène. Les lumières ont baissé et elle s'est installée devant le micro.
– Bonjour à tous, et bienvenue à l'auditorium de l'université Columbia. Dans quelques instants – et grâce à l'entremise de sa tablette –, vous allez entendre une remarquable jeune fille française, prénommée Aurore. Mais avant, j'aimerais...
Une voix s'est tout à coup élevée du fond de la salle.
– Je peux prendre la parole d'abord ?
J'ai plissé les yeux et vu Leo Leonard émerger de l'obscurité. Bobby l'accompagnait. Une femme, très bien habillée mais l'air très mal à l'aise, le tenait par l'épaule. Ce devait être sa maman ! Bobby m'a fait un petit signe timide de la main, tandis que son père leur indiquait, à lui et sa mère, de s'asseoir au premier rang. Puis il est monté sur la scène, s'est dirigé droit vers le micro et il a dit :
– Désolé de vous interrompre, professeure, mais je tenais à vous annoncer, avant le début de la conférence, que, grâce à cette remarquable jeune fille, Aurore, la Fondation Leo Leonard va offrir un million de dollars à votre département de recherches, afin de soutenir vos importants travaux sur l'autisme. Ce n'est pas tout ! Comme beaucoup d'entre vous l'ont déjà lu dans la presse ou vu à la télévision, un immeuble a malheureusement été détruit à l'angle de la 104e Rue et de la

3e Avenue. La Fondation Leo Leonard va non seulement reconstruire cet immeuble tel qu'il était – en y ajoutant tout le confort moderne –, mais également l'intégralité du pâté de maisons ! Et ces logements seront destinés à accueillir des pauvres ! D'une catastrophe, nous allons faire une chance !

Il a attendu les applaudissements, mais ils ne sont pas venus. L'auditorium est resté silencieux. À l'exception de Sal, dont la voix (je l'ai aussitôt reconnue) s'est élevée dans le fond.

– Félicitations, Leo, bravo de faire quelque chose de bien, pour changer ! Même si c'est, une fois de plus, pour arranger vos affaires et vous sortir du pétrin !

Leo Leonard n'a eu l'air qu'un tout petit peu gêné. Et au lieu de répondre sèchement à Sal, il s'est contenté de sourire et de dire :

– Je n'ai que trop parlé. Et c'est maintenant un grand honneur pour moi de vous présenter l'incroyable Aurore !

Un tonnerre d'applaudissements a explosé dans la salle. Je me suis levée, j'ai posé ma tablette sur le pupitre devant le micro, et j'ai souri au public plongé dans l'obscurité, à tous mes nouveaux amis et à ma famille qui avait toujours été là pour moi. Puis j'ai pris une profonde inspiration et je me suis lancée :

– Bonjour, je m'appelle Aurore. Et je dois vous le dire tout de suite : je ne suis pas incroyable. Nous sommes *tous* incroyables. Et après trois petits jours à New York, j'ai une histoire vraiment incroyable à vous raconter !

Fin

Achevé d'imprimer en France par Pollina - 44450
S29038/01

MIXTE
Papier issu de
sources responsables
FSC® C003309

L'éditeur de cet ouvrage s'engage dans une démarche
de certification FSC® qui contribue à la préservation
des forêts pour les générations futures.

Pour en savoir plus :
www.editis.com/engagement-rse/

PKJ. www.pocketjeunesse.fr
POCKET JEUNESSE

92, avenue de France – 75013 Paris